स त्य जि त रे

अटैची-रहस्य

अटैची रहस्य

सत्यजित राय

बांग्ला से अनुवाद
मुक्ति गोस्वामी

रेमाधव पेपरबैक्स

रेमाधव पेपरबैक्स में
पहला संस्करण : 2006
तीसरा संस्करण : 2023

रेमाधव पेपरबैक्स : उत्कृष्ट साहित्य के जनसुलभ संस्करण

रेमाधव पब्लिकेशन्स प्राइवेट लिमिटेड
जी-17, जगतपुरी, दिल्ली-110 051
द्वारा प्रकाशित

शाखाएँ : अशोक राजपथ, साइंस कॉलेज के सामने, पटना-800 006
पहली मंजिल, दरबारी बिल्डिंग, महात्मा गांधी मार्ग, प्रयागराज-211 001

वेबसाइट : www.remadhav.com
ई-मेल : contact@remadhav.com

बी.के. ऑफ़सेट
नवीन शाहदरा, दिल्ली-110 032
द्वारा मुद्रित

मूल्य : ₹199

ATAICHI RAHASYA
Novel by Satyajit Ray
Translated by Mukti Goswami

ISBN : 978-81-89850-61-6

अटैची-रहस्य

एक

कैप्टन स्कॉट की ध्रुव अधियान पर लिखी रोंगटे खड़ी करने वाली एक पुस्तक मैंने हाल ही में समाप्त की है। उसके बाद इतनी जल्दी मैं बर्फ के देश में पहुँच जाऊँगा, मैंने सोचा भी नहीं था। लेकिन बर्फ के देश का मतलब कोई उत्तरी ध्रुव या दक्षिणी ध्रुव न समझ बैठे, फेलूदा को कभी किसी मामले की छानबीन के लिए या किसी रहस्य को ढूँढ़ने के लिए उस देश में जाना होगा, मुझे ऐसा नहीं लगता है। हमलोग जिस देश में गये थे, वह हमारे देश का ही हिस्सा है, लेकिन हम

जिस मौसम में गये थे उस समय वहाँ बर्फ गिरने का मौसम था। वह बर्फ आसमान से महीन रुई की तरह तैरती हुई नीचे उतरकर जमीन पर जम जाती है और धूप में उस बर्फ की ओर देखने से आँखें चौंधिया जाती हैं और उस बर्फ को जमीन से मुट्ठी में उठाकर उसे गेंद बनाकर खेला भी जा सकता है।

हमलोगों का यह अभियान पिछले मार्च के महीने में एक गुरुवार की सुबह शुरू हुआ था। फेलूदा का अब जासूसों में नाम हो गया था। लिहाजा बीच-बीच में उनके पास मुवक्किल भी आने लगे थे। लेकिन मनलायक केस नहीं होने से वह मना कर देते थे। अच्छे का मतलब ऐसा मामला जिससे उन्हें अपनी असाधारण बुद्धि को और भी तेज करने का मौका मिले। इस बार का मामला सुनने के बाद उसमें कुछ खास नजर नहीं आ रहा था, लेकिन फेलूदा में शायद कोई अद्‌भुत क्षमता थी जिस कारण यह मामला कुछ विशेष लगा और वे केस लेने को तैयार हो गये। लेकिन ऐसा भी हो सकता था कि ये सज्जन काफी प्रभावशाली थे और फेलूदा को उनसे मोटी रकम ऐंठने का मौका मिला हो इसीलिए उन्होंने यह केस हाथ में लिया हो। बाद में उनसे यह पूछने पर उन्होंने जिस तरह मुझे घूरकर देखा कि मैं बिलकुल चुप रह गया।

फेलूदा के नये मुवक्किल का नाम दीननाथ लाहिड़ी था। बुधवार की शाम को उन्होंने फोन पर हमें अगले दिन सुबह साढ़े आठ बजे हमारे यहाँ आने की सूचना दी थी, और ठीक उसी समय हमारे तारा रोड के घर के सामने किसी गाड़ी के रुकने की आवाज सुनाई दी। गाड़ी का हार्न अनोखा था और उसे सुनते ही मैं दरवाजे के पास चला गया था। फेलूदा इशारे से मुझे रोककर दबे स्वर में बोले, "इतने उतावले क्यों हो रहे हो, पहले घण्टी तो बजने दो।"

घण्टी बजने के बाद दरवाजा खोलते ही उस सज्जन के साथ-साथ उनकी गाड़ी पर भी हमारी नजर गयी। इतनी बड़ी गाड़ी मैंने रोल्स-रायस के अलावा दूसरी नहीं देखी थी। उन सज्जन का व्यक्तित्व भी आकर्षक था लेकिन उसकी तुलना में उनका कद वैसा नहीं था। गोरा-चिट्टा रंग, उम्र

पचपन के आसपास, महीन धोती और मलमल का कुर्ता, पैरों में सूँड़ मार्का नागरा जूते। उनके दाहिने हाथ में हाथी दाँत के हत्थे वाली घड़ी थी और बायें हाथ में आयताकार नीली अटैची। इस तरह की अटैची मैंने काफी देखी हैं। हमारे यहाँ भी इस तरह की दो अटैचियाँ हैं—एक पिताजी की, दूसरी फेलूदा की। एयर इण्डिया अपने यात्रियों को मुफ्त में ऐसी अटैची देती है।

फेलूदा ने घर की सबसे अच्छी आराम कुर्सी पर उन्हें बैठाया और खुद उनके सामने एक मामूली कुर्सी पर बैठ गये। वे सज्जन बोले, "कल शाम को फोन पर आपसे मेरी ही बात हुई थी। मेरा नाम दीननाथ लाहिड़ी है।"

फेलूदा गला खँखारकर बोले, "आप आगे कुछ बोलें, उससे पहले क्या मैं आपसे दो प्रश्न पूछ सकता हूँ?"

"जरूर!"

"पहला प्रश्न—आपको चाय से परहेज तो नहीं?"

वे सज्जन हाथ-जोड़कर बोले, "बुरा मत मानिएगा मिस्टर मित्र, वक्त-बेवक्त चाय पीने की मेरी आदत बिलकुल नहीं है। लेकिन आप चाहें तो नि:संकोच चाय पी सकते हैं।"

"ठीक है, अब दूसरा—आपकी कार क्या हिस्पानो सूइजा है?"

"ठीक पहचाना। ऐसी गाड़ी अभी यहाँ ज्यादा नहीं आयीं। सन् '34 में मेरे पिताजी ने इसे खरीदा था। क्या आप गाड़ियों में रुचि रखते हैं?"

फेलूदा मुस्कुराकर बोले, "मेरी बहुत-सी चीजों में रुचि है। लेकिन कुछ हद तक यह मेरे पेशे के कारण है।"

"ओह आई सी! खैर, जिस बात के लिए मैं आपके पास आया हूँ, वह आपको शायद मामूली लग सकती है। मैं आपकी रेपुटेशन जानता हूँ, लिहाजा मैं आपको मजबूर नहीं कर सकता। मैं केवल आग्रह कर सकता हूँ कि इस केस को आप ही हल कीजिए।"

सज्जन के स्वर में और बातचीत के लहजे में आभिजात्य जरूर था, लेकिन दिखावा कतई नहीं। बल्कि बेहद मधुर और शालीन था।

"आपका केस क्या है, पहले पता तो चले।"

मिस्टर लाहिड़ी मुस्कुराकर सामने मेज पर रखी अटैची की तरफ देखकर बोले, ''इसे केस भी कह सकते हैं, चाहें तो अटैची केस भी। हा...हा! इस अटैची को लेकर ही सारा झमेला है।''

फेलूदा अटैची की तरफ एक बार देखकर बोले, ''लगता है, यह कई बार विदेश की सैर कर चुकी है। भले ही इसके टैग निकाल दिये गये हैं लेकिन इलास्टिक बैण्ड अभी भी हैण्डल पर लगे हुए हैं। एक-दो-तीन...''

वे सज्जन बोले, ''मेरी अटैची के हैण्डल में भी ठीक ऐसे ही लगे हैं।''

''आपकी अटैची...? यानी यह अटैची आपकी नहीं है?''

''जी, नहीं।'' मिस्टर लाहिड़ी बोले, ''यह किसी और की है। हम दोनों की अटैचियाँ बदल गयी हैं।''

''ओह, आई सी...बदल कैसे गयीं? ट्रेन में या प्लेन में?''

''ट्रेन में। मैं दिल्ली से कालका मेल से लौट रहा था। पहले दर्जे के डिब्बे में हम चार यात्री थे। उन्हीं में से किसी के साथ बदल गयी।''

''किसके साथ बदल गयी है, आप शायद नहीं जानते हैं।'' फेलूदा ने कहा।

''जी नहीं, अगर जानता तो आप के पास आने की जरूरत नहीं पड़ती।''

''निश्चित ही आप बाकी तीन व्यक्तियों का नाम भी नहीं जानते होंगे।''

''उनमें एक बंगाली सज्जन थे, जिनका नाम पाकड़ासी था। वे भी दिल्ली से मेरे साथ ही गाड़ी में चढ़े थे।''

''आपको उनका नाम कैसे पता चला?''

''दूसरे एक सहयात्री के साथ उनका परिचय था, वह 'हैलो मिस्टर पाकड़ासी' कहकर उनसे बात कर रहे थे। बात से मुझे वे दोनों व्यवसायी लगे। अपनी बातों में वे 'कण्ट्रैक्टर', 'टेण्डर' आदि शब्दों का इस्तेमाल कर रहे थे।''

''वह जिनके साथ बात कर रहे थे, उनका नाम नहीं मालूम?''

''जी नहीं, लेकिन वे बंगाली नहीं थे, मगर बाँग्ला जानते थे और बखूबी जानते थे। बातों से पता चला कि वे शिमला से आ रहे थे।''

''और तीसरे सज्जन?''

“वे अधिकतर ऊपर की बर्थ पर लेटे रहे, सिर्फ लंच और डिनर के वक्त नीचे उतरे थे। वे भी बंगाली नहीं थे। दिल्ली से गाड़ी छूटने के बाद उन्होंने एक सेब मुझे देते हुए कहा था कि वह उनके बागीचे का है। शायद वे भी शिमला में रहते होंगे, वहीं उनका बागीचा होगा।”

“आपने वह सेब खाया था?”

“बिल्कुल खाया था, बड़ा स्वादिष्ट था।”

“मतलब ट्रेन में आप अपने समय पर खाने-पीने वाला नियम नहीं मानते।” फेलूदा के ओठों पर शरारत की हँसी थी। सर्वनाश!

वे सज्जन ठहाका लगाकर हँसते हुए बोले, “देख रहा हूँ आपकी नजरों से बचना बेहद मुश्किल काम है। लेकिन आपने सही कहा, ट्रेन में समय-असमय वाले नियम को मन नहीं मानना चाहता।”

“एक्सक्यूज मी!” फेलूदा बोले, “आप लोग कौन कहाँ पर बैठे थे, अगर मैं जान पाता तो अच्छा होता।”

“मैं लोअर बर्थ पर बैठा था, मेरी ऊपरवाली बर्थ पर मिस्टर पाकड़ासी थे तथा उनके सामने की बर्थ पर सेब वाले सज्जन थे। नीचे थे वे गैर-बंगाली व्यवसायी।”

फेलूदा कुछ देर चुप रहे, फिर हाथ रगड़ने के बाद अपनी अँगुलियाँ चटकाकर बोले, “अगर आप बुरा न मानें तो मैं चाय के लिए कह दूँ। आपकी इच्छा हो तो पी लीजिएगा, अन्यथा मत पीजिएगा।”

फिर उन्होंने मुझसे कहा, “तोपसे, तू जरा फटाफट जाकर कह दे।”

मैं भागकर अन्दर जाकर श्रीनाथ को चाय के लिए कह आया। बैठक में लौटकर देखा, फेलूदा ने उस अटैची को खोल दिया था।

“ताला नहीं लगा था?” फेलूदा ने पूछा।

“नहीं, मेरी अटैची में भी नहीं लगा था। यानी जिसने भी लिया होगा, आसानी से खोलकर अन्दर देख सकता है। इस अटैची में खास कोई सामान है भी नहीं।”

वाकई ऐसा ही था। साबुन, कंघा, ब्रश, टूथब्रश, टूथपेस्ट, दाढ़ी बनाने का सामान, दो तहाये अखबार, एक पेपरबैक पुस्तक—इन सबके अलावा और कोई खास चीज नजर नहीं आयी।

"आपकी अटैची में क्या कोई कीमती सामान भी था?" फेलूदा ने पूछा।

दीननाथ बाबू बोले, "नथिंग! इस अटैची में जो देख रहे हैं, इनसे कम कीमती सामान थे। बस हाथ से लिखी हुई एक यात्रा-संस्मरण की पाण्डुलिपि थी। ट्रेन में पढ़ने के लिए साथ रख लिया था। पढ़ने में मजा आ रहा था। उसमें तिब्बत की घटना लिखी थी।"

"तिब्बत की घटना?" फेलूदा का कुतूहल थोड़ा बढ़ गया।

"हाँ, वह सन् 1917 की लिखी हुई थी। उसके लेखक का नाम शम्भूचरण बोस था। उस लेख को मेरे ताऊजी लाये थे। दरअसल, वह मेरे ताऊजी को ही समर्पित थी। मेरे ताऊजी का नाम सतीनाथ लाहिड़ी था, जो काठमाण्डू में रहते थे। वे राणा के परिवार के प्राइवेट ट्यूटर थे। पैंतालीस साल पहले वे बीमार होकर लगभग अपाहिज अवस्था में अपने घर लौटे थे। उसके थोड़े ही दिनों बाद उनका देहान्त हो गया। उनके सामानों के साथ एक नेपाली बक्स भी था। घर के हमारे बॉक्स रूम के एक ताख के कोने में वह पड़ा था। उसके बारे में मुझे पता ही नहीं था। हाल ही में घर में तिलचिट्टे और चूहों का उपद्रव काफी बढ़ जाने से पेस्ट कण्ट्रोल वालों को बुलाया गया था। इसी सिलसिले में उस बॉक्स को वहाँ से उतारना पड़ा था। उसी बक्से में वह लेख मिला था।"

"कब?"

"मेरे दिल्ली जाने से एक दिन पहले।"

फेलूदा अनमने-से लगे। वे कुछ बुदबुदा रहे थे—"शम्भूचरण! शम्भूचरण!!"

"खैर!" मिस्टर लाहिड़ी बोले, "वह रचना मेरे लिए खास मूल्यवान नहीं थी। सच कहें तो उस अटैची को वापस पाने के लिए मैं ज्यादा उत्साही भी नहीं था। और आप यह जो अटैची देख रहे हैं, इसके मालिक का भी पता लगने की उम्मीद नहीं है, यह सोचकर मैंने इसे अपने भतीजे को दे दिया था। लेकिन अचानक कल रात से मुझे लग रहा है, ये सब चीजें इतनी मूल्यवान जरूर नहीं हैं लेकिन इसके मालिक के लिए इनमें से कुछ चीजें बेशक कीमती हो सकती हैं। जैसे यह रूमाल है, इसमें कढ़ाई करके G

लिखा हुआ है। शायद वे इस रूमाल के मालिक की पत्नी होगीं। शायद अब वे भी जीवित न हों! यही सब बातें मेरे मन को खटकने लगीं। इसलिए आज मैं अपने भतीजे के कमरे से इस अटैची को लेकर यहाँ चला आया। सच बात तो यह है कि मेरी अटैची मुझे वापस मिले या न मिले, मुझे ज्यादा फर्क नहीं पड़नेवाला, लेकिन अगर यह अटैची इसके मालिक को लौटा सकूँ तो मुझे शान्ति मिलेगी।''

चाय आ गयी थी। फेलूदा आजकल चाय को लेकर काफी संवेदनशील हो गये थे। यह चाय कार्सियाँग के मकईबाड़ी टी स्टेट से मँगवायी गयी थी। चाय की प्याली सामने आते ही जबर्दस्त खुशबू भर जाती थी। चाय की चुस्की लेकर फेलूदा बोले, ''गाड़ी में आपने अपनी अटैची क्या एकाधिक बार खोली थी?''

''केवल दो बार। सुबह दिल्ली से चढ़ने के बाद एक बार वे निकाली थी और रात को सोने से पहले उसे अन्दर रखी थी।''

फेलूदा ने एक चारमिनार सिगरेट सुलगायी। दीननाथ बाबू सिगरेट नहीं पीते थे। धुएँ के दो छल्ले निकालते हुए फेलूदा बोले, ''मैं इस अटैची को इसके मालिक को लौटाकर आपकी अटैची आप तक पहुँचा दूँ—आप यही चाहते हैं न!''

''आप निराश हो गये क्या? मामला बहुत ही बेरंग लग रहा है न?''

फेलूदा अपने दाहिने हाथ की अँगुलियों को बालों में फेरते हुए बोले, ''नहीं, आपका सेण्टीमेण्ट मैं समझ सकता हूँ। मेरे पास जिस तरह के मामले हैं, उन सबकी तुलना में इसकी अहमियत कम नहीं है। इसे मैं अस्वीकार नहीं कर सकता।''

दीननाथ बाबू आश्वस्त हुए। एक गहरी साँस लेकर बोले, ''आपका राजी होना मेरे लिए बहुत मायने रखता है।''

फेलूदा बोले, ''मैं पूरी कोशिश करूँगा। लेकिन आप समझ ही रहे होंगे, इस स्थिति में कोई गारण्टी देना सम्भव नहीं है। खैर, अब मैं आपसे कुछ बातें जानना चाहता हूँ।''

''कहिए।''

फेलूदा तुरन्त उठकर बगल के अपने सोनेवाले कमरे से अपनी प्रसिद्ध हरी डायरी ले आये। एक पेन्सिल लेकर उन्होंने सवाल पूछना शुरू कर दिया।

"आप किस तारीख को दिल्ली से रवाना हुए थे?"

"रविवार पाँच मार्च की सुबह कोलकाता पहुँचा था। अगले दिन सुबह साढ़े नौ बजे।"

"आज नौ तारीख है। मतलब आप परसों पहुँचे थे और कल शाम को आपने मुझे फोन किया था।"

फेलूदा ने उस अटैची के अन्दर से एक कोडक फिल्म का पीला डिब्बा निकालकर उसका ढक्कन जैसे ही घुमाया, उसमें से सुपारी के कुछ टुकड़े निकलकर मेज पर गिर गये। उसमें से एक सुपारी उठाकर मुँह में रखकर चबाते हुए उन्होंने पूछा, "आपके बक्से में क्या ऐसा कुछ था जिससे आपका नाम-पता मिल सके?"

"मुझे जहाँ तक याद है, उसमें ऐसा कुछ नहीं था।"

"हूँ...अब जरा अपने तीन सहयात्रियों का हुलिया बताइए। शायद इस मामले में आप कुछ मदद कर सकें।"

दीननाथ बाबू सिर उठाकर छत की तरफ कुछ देर देखकर बोले, "पाकड़ासी उम्र में हमसे थोड़े-बड़े थे। उनकी उम्र साठ-पैंसठ वर्ष की रही होगी। बैकब्रश किये हुए कच्चे-पक्के बाल थे, आँखों में चश्मा था, आवाज थोड़ी कर्कश थी।"

"ठीक है।"

"जिन्होंने सेब दिया था, उनका रंग साफ था, दुबला-पतला चेहरा था, उनकी नाक तीखी थी। आँखों पर सोने का चश्मा था, चेहरा सफाचट था। सिर पर बाल नदारद थे। केवल कान के पास थोड़े-बहुत काले बाल थे। अँगरेजों की तरह अँगरेजी बोलते थे। उन्हें जुकाम था, बार-बार टिसू पेपर से नाम साफ कर रहे थे।"

"बाप-रे-बाप! ये तो बिलकुल साहब थे और तीसरे व्यक्ति?"

"उनका चेहरा जरा भी याद रखने लायक नहीं था। लेकिन वे पक्के

वेजिटेरियन थे। वे ही एकमात्र व्यक्ति थे जिन्होंने लंच और डिनर दोनों में वेजिटेबल थाली मँगवायी थी।''

फेलूदा सारी बातें अपनी डायरी में दर्ज करते जा रहे थे, पूरा करने के बाद अपना सिर उठाकर बोले, ''और कुछ?''

दीननाथ बाबू सिर हिलाकर बोले, ''बताने लायक और कुछ तो याद नहीं आ रहा है। दिन में तो अधिकांश समय मेरा ध्यान पढ़ने में ही लगा था। रात में डिनर लेकर मैं जल्दी ही सो गया था। गाड़ी में आमतौर पर मुझे इतनी अच्छी नींद नहीं आती है मगर इस बार हावड़ा पहुँचने के बाद ही मेरी आँखें खुली थीं, वह भी पाकड़ासी के जगाने पर।''

''मतलब आप ही शायद सबसे बाद में उतरे थे।''

''जी, हाँ।''

''लिहाजा आपका बैग उससे पहले ही किसी दूसरे के पास चला गया था।''

''हाँ, ऐसा ही हुआ था।''

''ठीक है।'' फेलूदा डायरी बन्द करके पेन्सिल कमीज की जेब में रखकर बोले, ''देखूँ, मैं क्या कर सकता हूँ।''

दीननाथ बाबू उठते-उठते बोले, ''आपकी जो फीस है वह तो मैं दूँगा ही, इसके अतिरिक्त भी आपको, दो-चार जगह आना-जाना पड़ सकता है। छानबीन के खर्चे हैं, उसके लिए मैं आपको कुछ अतिरिक्त रुपये भी दिये देता हूँ।''

उन्होंने अपने कुर्ते की जेब से एक सफेद लिफाफा निकालकर फेलूदा की ओर बढ़ा दिया। फेलूदा ने भी विलायती शैली में 'ओह थैंक्स' कहकर उसे जेब में लिया।

दरवाजा खोलकर गाड़ी की तरफ जाते-जाते वे सज्जन बोले, ''मेरा फोन नम्बर आपको डायरेक्टरी में ही मिल जाएगा। कुछ पता चलते ही काइण्डली मुझे खबर कीजिएगा या सीधे मेरे घर भी आ सकते हैं। शाम के वक्त आने पर मैं जरूर मिल जाऊँगा।''

पीले रंग की हिस्पानो सुइजा शंख की तरह गम्भीर हार्न बजाकर रास्ते

में खड़ी भीड़ को चौंकाती हुई रासबिहारी एवेन्यू की तरफ चली गयी। हम दोनों बैठक में वापस आ गये। जिस कुर्सी पर वह व्यक्ति बैठे थे, उसी कुर्सी पर बैठकर अपने पैर पर पैर रखकर फेलूदा बोले, "आज से पचीस साल बाद ऐसे रईसी मिजाज वाले व्यक्ति नहीं मिलेंगे।"

अटैची मेज पर ही रखी थी। फेलूदा ने उसके भीतर से एक-एक करके सारा सामान निकालकर बाहर बिखेर दिया। सभी मामूली चीजें थीं। कुल मिलाकर पचास रुपये का भी सामान होना मुश्किल था। फेलूदा बोले, "तू एक-एक करके बोलता जा मैं लिखता जाऊँगा।" मैं एक-एक सामान मेज से उठाकर उनका नाम बताकर अटैची में रखने लगा।" फेलूदा लिखते रहे। सूची इस तरह थी—

1. तहाये हुए दिल्ली के दो अखबार—एक 'सण्डे स्टेट्समैन' दूसरा 'सण्डे हिन्दुस्तान टाइम्स।'

2. आधा बचा बिनाका टूथपेस्ट। ट्यूब के नीचे का खाली हिस्सा फोल्ड करके ऊपर मोड़ दिया गया था।

3. एक हरे रंग का बिनाका टूथब्रश।

4. एक जिलेट सेफ्टी रेजर।

5. एक पैकेट में तीन थिन जिलेट ब्रेड।

6. एक समाप्तप्राय ओल्ड स्पाइस शेविंग क्रीम।

7. एक शेविंग ब्रश।

8. एक बहुत पुराना नेलक्लिप।

9. एक सेलोफिन के पत्ते में तीन एस्प्रो की गोलियाँ।

10. एक तहाया हुआ कोलकाता का नक्शा—खोलने पर जो लगभग चार फुट गुणे पाँच फुट हो जाता था।

11. एक टेक्का मार्का नयी दियासलाई।

12. एक वीनस मार्का लाल-नीली पेन्सिल।

13. एक कोडक फिल्म के डिब्बे में सुपारी के टुकड़े।

14. एक तह किया हुआ रूमाल, जिसके एक कोने में कढ़ाई करके G लिखा था।

15. एक मुरादाबादी छुरी या पेन नाइफ।

16. एक मुँह पोछने वाला तौलिया।

17. एक जंग लगी सेफ्टीपिन।

18. तीन जंग लगी जेम्स क्लिप।

19. कमीज की बटन।

20. एक जासूसी उपन्यास—एलेरी क्वीन की 'द डोर बिटवीन।'

सूची बन जाने के बाद फेलूदा उस उपन्यास को उलट-पुलट कर बोले, "इसमें ह्वीलर कम्पनी का नाम लिखा है, लेकिन खरीदनेवाले का नाम नहीं है। पन्ने मोड़कर पढ़ने की उस व्यक्ति की आदत है। कुल दो सौ छत्तीस पन्नों की किताब है। मोड़ने का आखिरी निशान दो सौ बारह पन्ने पर है। मेरा अनुमान है कि उस सज्जन ने पूरी पढ़ ली होगी।"

किताब रखकर फेलूदा ने रूमाल पर ध्यान दिया।

उस व्यक्ति का नाम या उनकी पदवी का पहला अक्षर G होगा। सम्भवतः वह नाम का ही अक्षर रहा होगा क्योंकि ऐसा होना ही स्वाभाविक है।

अब फेलूदा ने कोलकाता का नक्शा खोलकर मेज पर बिछा दिया। उस नक्शे को देखते हुए उनकी नजर एक जगह टिक गयी—"लाल पेन्सिल के निशान...हूँ एक, दो, तीन, चार, पाँच, जगहों पर...हूँ...चौरंगी...चौरंगी...पार्क स्ट्रीट...हूँ...ठीक है। तोपसे, जरा टेलिफोन डायरेक्टरी तो लाना।"

नक्शे को दोबारा मोड़कर अटैची में रखने के बाद डायरेक्टरी का पन्ना पलटते-पलटते फेलूदा बोले, "किस्मत अच्छी है कि उसका नाम पाकड़ासी है।" उसके बाद 'पी' अक्षर के एक पन्ने पर कुछ देर तक देखकर बोले, "कुल मिलाकर मात्र सोलह पाकड़ासियों के यहाँ फोन है। उनमें से दो डॉक्टर हैं। उन दोनों को हम हटा सकते हैं।"

"क्यों?"

"गाड़ी में उनके उस परिचित व्यक्ति ने उन्हें मिस्टर पाकड़ासी कहकर बुलाया था, डॉक्टर पाकड़ासी कहकर नहीं।"

"हाँ-हाँ, बिलकुल ठीक-ठीक।"

फेलूदा फोन उठाकर डायल करने लगे। हर बार नम्बर मिलने के बाद पूछते मिस्टर पाकड़ासी दिल्ली से लौट आये हैं? और जवाब सुनने के बाद हर बार 'सॉरी' कहकर फोन रख देते। फिर दूसरा नम्बर डायल करते। पाँच बार ऐसा करने के बाद छठी बार शायद वांछित व्यक्ति का नम्बर मिला, क्योंकि इस बार बातचीत कुछ लम्बी चली थी। धन्यवाद कहने के बाद फोन रखकर फेलूदा बोले, "आखिर मिल ही गये—एम. सी. पाकड़ासी। उन्हीं से बात हुई। परसों सुबह कालका मेल में दिल्ली से लौटे हैं। सब कुछ तो ठीक-ठाक है मगर गड़बड़ी यह है कि उनकी अटैची नहीं बदली है।"

"तो फिर आपने उनसे रात में मिलने का समय क्यों तय किया?

दूसरों के बारे में वह कुछ जानकारी तो दे सकते हैं। हालाँकि वे काफी रूखे मिजाज के व्यक्ति लग रहे थे। लेकिन मैं फेलू मित्र भी घबराने वाला व्यक्ति नहीं हूँ। तोपसे, चल निकल पड़ें।

"मगर उनसे मिलने का समय तो शाम को है?"

"उसके पहले जरा सिधू ताऊ से मिलना जरूरी है।"

दो

सिधू ताऊ से हमलोगों की सीधी कोई रिश्तेदारी नहीं थी। मेरे पैदा होने से पहले की बात है, पिताजी जब गाँव में रहते थे, सिधू ताऊ हमलोगों के पड़ोसी थे। इसी नाते वह पिताजी के बड़े भाई और हमारे ताऊ लगते थे। फेलूदा कहते हैं सिधू ताऊ की तरह इतने विषयों पर इतना ज्ञान और इतनी आश्चर्य स्मरण-शक्ति बहुत कम लोगों की होती है। फेलूदा सिधू ताऊ के पास क्यों आये थे, इसे उनका पहला सवाल सुनकर मैं समझ गया था—

''अच्छा, करीब साठ साल पहले शम्भूचरण

नामक किसी यात्रा-कथा लिखनेवाले लेखक को आप जानते हैं? वे अँग्रेजी में लिखते थे।''

सिधू ताऊ आँख बड़ी-बड़ी करके बोले, ''फेलू, क्या कह रहे हो, उनकी लिखी 'तेराई' की कहानी वाली किताब तुमने नहीं पढ़ी है?''

''हाँ-हाँ, ठीक-ठीक, अब याद आ रहा है। यह नाम कुछ जाना-पहचाना-सा लग रहा था, लेकिन वह किताब अब तक मेरे हाथ नहीं लग पायी है।''

''उस किताब का नाम था 'टेरर्स आफ तेराई।' सन् 1915 में इंग्लैण्ड की 'कीगैन पॉल' कम्पनी ने वह पुस्तक छापी थी। शम्भूचरण बहुत अच्छे शिकारी और पर्यटक थे। लेकिन वे पेशे से डॉक्टर थे। वे काठमाण्डू में प्रैक्टिस करते थे। उस समय वहाँ राजा-वाजा का शासन नहीं था। राणा लोग ही वहाँ के सब कुछ थे। राणा परिवार के एक करीब-करीब लाइलाज बीमारी को शम्भूचरण ने ठीक किया था। उनकी पुस्तक में एक राणा का उल्लेख है—विजयेन्द्र शमशेरजंग बहादुर। वे शिकार के बहुत शौकीन थे, साथ ही शराबी भी थे। एक हाथ में बन्दूक और दूसरे हाथ में शराब की बोतल लेकर वह मचान पर बैठते थे। लेकिन शिकार सामने आते ही बन्दूक पर हाथ कस जाता था। लेकिन एक बार ऐसा नहीं हो सका था। गोली शेर को नहीं लगी। शेर ने मचान पर छलाँग लगा दी। पास ही दूसरे मचान पर शम्भूचरण बैठे थे। उन्हीं की बन्दूक से निकली अचूक गोली ने राणा को निश्चित मृत्यु के मुँह से बचा लिया था। राणा ने भी उन्हें एक अमूल्य रत्न देकर अपनी कृतज्ञता जतायी थी। बड़ी थ्रिलिंग कहानी है, नेशनल लाइब्रेरी से मँगाकर पढ़ लेना। बाजार में आसानी से नहीं मिलेगी।''

''अच्छा, क्या वे कभी तिब्बत भी गये थे?'' फेलूदा ने पूछा।

''जरूर गये थे। सन् इक्कीस में उनकी मृत्यु हुई थी। मैंने तब बी. ए. की परीक्षा दी थी। अखबार में उनपर एक छोटा लेख छपा था, उसमें लिखा था शम्भूचरण अवकाश पाने के बाद तिब्बत गये थे। लेकिन उनकी मृत्यु काठमाण्डू में हुई थी।''

''हूँ।''

फेलूदा कुछ देर खामोश रहे, फिर स्पष्ट शब्दों में धीरे-धीरे बोले, "अच्छा, मान लीजिए, आज अचानक पता चले कि उन्होंने तिब्बत पर एक लम्बा यात्रा-संस्मरण लिखा था, जो अप्रकाशित है तो क्या वह मूल्यवान नहीं होगा?"

"अरे बाप रे!" सिधू ताऊ का गंजा सिर उत्तेजना से हिलने लगा था। वे बोले, "तेराई पढ़कर लन्दन टाइम्स ने कितनी तारीफ की थी, वह मुझे आज भी याद है! और केवल कहानी ही नहीं, शम्भूचरण की अँगरेजी भाषा भी बड़ी सहज और जानदार थी। एकदम स्फटिक की तरह स्वच्छ। उनकी कोई पाण्डुलिपि भी है क्या?"

"शायद।"

"अगर वह तुम्हारे हाथ लगे तो मुझे एक बार दिखाना और अगर कहीं नीलाम में बिकने की सूचना मिले तो भी मुझे बताना। मैं पाँच हजार तक बोली लगाने को तैयार हूँ।"

सिधू ताऊ के घर में गरम कोको पीकर बाहर निकलने के बाद मैंने फेलूदा से कहा, "मिस्टर लाहिड़ी की अटैची में एक ऐसी कीमती चीज है, और उन्हें पता ही नहीं है। उन्हें इसकी सूचना नहीं देंगे?"

फेलूदा बोले, "इतनी जल्दी भी क्या है! पहले देखूँ तो पानी का रूख किधर है। वैसे भी इस काम की जिम्मेदारी तो मेरी ही है। वैसे कुछ खास उत्साह नहीं महसूस कर पा रहा हूँ।"

नरेन्द्र पाकड़ासी का घर लैन्सडाउन रोड पर था। देखने से ही पता चलता था कि मकान कम-से-कम चालीस साल पुराना था। फेलूदा ने मुझे समझा दिया था, किन बातों से मकान की उम्र का अन्दाजा लगाया जा सकता है। जैसे पचास साल पहले एक विशेष तरह की खिड़कियाँ होती थीं जो चालीस साल पहले के मकानों में नहीं होती थीं। इसके अतिरिक्त बरामदे की रेलिंग की डिजाइन, छत की दीवार, फाटक की डिजाइन, गाड़ी पोर्टिको के खम्भे—इन सब चीजों से मकान कितना पुराना है, इसका अन्दाजा लगाया जा सकता था। वह मकान निश्चित ही सन् 1920 से सन् 1930 के बीच बना होगा।

टैक्सी से उतरते ही पहले फाटक पर लटके लकड़ी के बोर्ड पर हमारी

नजर गयी, जिसपर लिखा था—सावधान! फेलूदा बोले, ''कुत्ते के मालिक से सावधान भी लिख देना चाहिए।''

फाटक के अन्दर जाकर पोर्टिको में पहुँचते ही दरबान से भेंट हुई। फेलूदा ने उसे अपना विजिटिंग कार्ड थमा दिया, जिसमें अँगरेजी में लिखा था—'प्रदोष सी. मित्तर प्राइवेट इनवेस्टिगेटर।' कुछ ही मिनटों में दरबान वापस लौटकर बोला, ''मालिक आप लोगों को अन्दर बुला रहे हैं।''

संगमरमर बिछे लैण्डिंग को पार करने के बाद करीब दस फीट ऊँचे दरवाजे का पर्दा उठाकर हमलोग कमरे में दाखिल हुए। वह बैठक था। उस विशाल कमरे के तीनों तरफ ऊँची-ऊँची किताबों की अलमारियाँ किताबों से भरी थीं। इसके अतिरिक्त दूसरे फर्नीचर—कार्पेट, दीवार पर तसवीर, छत पर फानूस आदि भी वहाँ थे। लेकिन इन सबके साथ साफ-सफाई की कमी और एक लापरवाही भी वहाँ नजर आ रही थी। घर की सफाई पर ज्यादा ध्यान नहीं दिया जाता होगा, देखने से पता चलता था।

हम बैठक के पीछे के कमरे में पाकड़ासी से मिले। मैं देखकर समझ गया था—यह उनका ऑफिस था या स्टडी रहा होगा। कानों में टाइप करने के शब्द भी पड़ रहे थे। अन्दर जाकर देखा वे एक हरे रंग के रेक्सिन से ढकी काफी बड़ी मेज के पीछे पुराने जमाने की बड़ी-सी टाइपराइटर के सामने बैठे थे। वह कमरे के दाहिनी तरफ रखी थी। बायीं तरफ बैठने की व्यवस्था थी, तीन सोफे और एक नीची गोल मेज और उस मेज पर शतरंज की गोटियाँ सजी थीं। पास ही शतरंज की एक पुस्तक भी रखी थी। अन्त में जिस चीज पर हमारी नजर पड़ी, वह टेबिल के पीछे कार्पेट पर दुबककर लेटा हुआ एक बड़ा कुत्ता था।

उस व्यक्ति का चेहरा दीननाथ बाबू के बताये विवरण से मिलता था, बस वे जो पाइप पी रहे थे, वही अतिरिक्त थी।

हमारे कमरे में जाते ही वे टाइपिंग बन्द करके एक बार हमलोगों की तरफ देखकर फेलूदा से बोले, ''आप में से कौन मिस्टर मित्र हैं, आप या वे?''

शायद मजाक में ही पाकड़ासी ने यह प्रश्न किया होगा, लेकिन फेलूदा

नहीं हँसे। सहजता से बोले, "जी मैं हूँ, और यह मेरा चचेरा भाई है।"

पाकड़ासी बोले, "मैं कैसे पहचानूँगा? गाना-बजाना, अभिनय, चित्रकारी यहाँ तक कि अध्यापन में भी बच्चों की इतनी प्रतिभा देखने को मिलती है तो फिर वे जासूसी में क्यों नहीं आगे हो सकते? खैर, जाने दीजिए, अब कहिए—किसी बात से मतलब न रखने वाले इस व्यक्ति को परेशान करने क्यों आये हैं?"

फेलूदा ने पहले फोन किया था इसलिए उनका मिजाज गरम था। मुझे लग रहा था चिड़चिड़ेपन की अगर कोई प्रतियोगिता होती तो ये सज्जन वर्ल्ड चैम्पियन होते।

मिस्टर लाहिड़ी ने आपका नाम बताया था। दिल्ली से कोलकाता के सफर में वे आपके साथ एक ही डिब्बे में आये थे—तीन दिन पहले..."

"और उन्हीं की अटैची गुम हो गयी, कह रहे थे।"

"नहीं, किसी से बदल गया है, वे कह रहे थे।"

"पूरी लापरवाही, लेकिन उस बक्से को खोजने के लिए जासूस लगाने की जरूरत क्यों पड़ गयी? कौन ऐसे हीरे-जवाहरात थे उसमें, सुनूँ जरा?"

"नहीं, उसमें ऐसा कुछ नहीं था, बस एक पुरानी पाण्डुलिपि थी यात्रा–संस्मरण की। उसकी कोई दूसरी प्रति नहीं है।"

असली कारण बताने से पाकड़ासी जरा भी प्रभावित नहीं होते, शायद इसीलिए फेलूदा ने पाण्डुलिपि की बात कही थी।

"पाण्डुलिपि?" पाकड़ासी को जैसे यकीन नहीं हुआ।

"जी हाँ, शम्भूचरण बोस का लिखा यात्रा–संस्मरण। गाड़ी में बैठे–बैठे वह उसे पढ़ रहे थे, उनकी अटैची में वही पाण्डुलिपि थी।"

"केवल फूल (बेवकूफ) नहीं, 'ही सीम्स टु बी ए लायर टू।' अखबार और बाँग्ला मासिक पत्रिका के अलावा उन सज्जन ने कुछ भी नहीं पढ़ा था। मेरा बर्थ ऊपर जरूर था। लेकिन दिन में मैं नीचे उन्हीं के बर्थ की एक तरफ बैठा था। वे क्या पढ़ रहे थे, क्या नहीं; उस तरफ मेरा पूरा ध्यान था।"

फेलूदा चुप थे। थोड़ा रुककर वे सज्जन बोले, "जासूस होने के नाते आप क्या सोच रहे हैं, मैं नहीं जानता, लेकिन आपके मुँह से मैंने जितना सुना, उससे मामला काफी सन्देहास्पद लग रहा है। एनी वे आप जंगली बतख पकड़ना चाहते हैं, पकड़िए; लेकिन मैं आपकी कोई मदद नहीं कर सकता। मैंने तो आपको फोन पर ही बता दिया था। एयर इण्डिया की ऐसी तीन अटैचियाँ मेरे घर में पड़ी हैं। लेकिन इस बार ऐसी कोई अटैची मेरे पास नहीं थी इसलिए मैं आपकी कोई मदद नहीं कर सकता।"

"चार यात्रियों में से एक शायद आपके परिचित थे—है न?"

"कौन! हाँ, बृजमोहन, उसका लेन–देन का कारोबार है, मेरे साथ उसने भी पहले कुछ डीलिंग की थी।"

लेन–देन का मतलब ब्याज पर पैसे उधार देने का कारोबार।

फेलूदा बोले, "बृजमोहन के पास भी क्या वैसी ही अटैची थी?"

"यह मैं कैसे जान सकता हूँ, बताइए!"

इसके बाद वे सज्जन फेलूदा से आपके बजाय तुम कहकर बात करने लगे। फेलूदा बोले, "आप क्या उस व्यक्ति का पता बता सकते हैं?"

"डायरेक्टरी में देख लेना।" मिस्टर पाकड़ासी बोले, "एस. एम. केडिया

ऐण्ड कम्पनी। एस. एम., बृजमोहन के पिता हैं, धर्मतला में लेनिन सरणि में दफ्तर है। लेकिन तुम जो कह रहे हो, एक के साथ परिचय था, ऐसा नहीं, मैं तीन में से दो व्यक्तियों को जानता हूँ।''

फेलूदा ने हैरानी से पूछा, ''दूसरा व्यक्ति कौन था?''

''दीननाथ लाहिड़ी। किसी समय रेस के मैदान में उसे देखता था। एक बार परिचय हुआ था। पहले बहुत लायक था। सुना है इन दिनों थोड़ा भद्र-सभ्य हो गया है, दिल्ली में अपना गुरु भी बना लिया है। सच या झूठ नहीं जानता।''

''और तीसरे यात्री कैसे थे?''

मैं समझ गया, फेलूदा अधिक-से-अधिक जानकारी हासिल करने की कोशिश कर रहे थे।

''यह क्या, आप तो मुझसे जिरह करने लगे।'' वे सज्जन पाइप मुँह में दबाकर खीजते हुए बोले।

''जी नहीं, आप घर में बैठकर अकेले-अकेले शतरंज खेलते हैं, आपका दिमाग तेज है, आपकी याददाश्त काफी अच्छी है, यह सोचकर पूछ रहा हूँ।''

शायद पाकड़ासी साहब का दिमाग कुछ ठण्डा हुआ। अपना गला खँखारकर बोले, ''शतरंज का मुझे जबर्दस्त नशा है। जो मेरे इस खेल के संगी थे वे तो अब रहे नहीं, इसलिए अब मैं अकेले ही खेलता हूँ।''

''रोज खेलते हैं?''

''हाँ, डेली खेलता हूँ। उसका एक कारण मेरा अनिद्रा रोग है। रात के तीन बजे तक इसी में व्यस्त रहता हूँ।''

''नींद की गोली नहीं लेते?''

''लेता हूँ लेकिन ज्यादा असर नहीं करती। इससे ऐसा भी नहीं कि मेरी तबीयत खराब हो रही है। मैं तीन बजे सोता हूँ और आठ बजे उठ जाता हूँ। इस उम्र में पाँच घण्टे की नींद 'एनफ' है।''

''टाइपिंग भी क्या आपका नशा है?'' फेलूदा अपनी दबी मुसकान से बोले।

"नहीं, वह तो मैं कभी-कभी करता हूँ। सेक्रेटरी रखकर देख चुका हूँ, सब कामचोर हैं। खैर, छोड़िए। आप तीसरे यात्री के बारे में जानना चाहते थे न। उनका चेहरा सफाचट और सिर गंजा था। वे बंगाली नहीं थे। अँगरेजी अच्छा बोलते थे। मुझे एक सेब आफर कर रहे थे। मैंने नहीं लिया था। और कुछ मेरी उम्र तिरपन साल है, मेरे कुत्ते की उम्र साढ़े तीन साल है, वह बॉक्सर हाउण्ड नस्ल का है। मेरे कमरे में कोई बाहरी आदमी आधे घण्टे से ज्यादा समय रहे, यह उसे नापसन्द है, लिहाजा..."

"इण्टरेस्टिंग व्यक्ति हैं।" फेलूदा ने टिप्पणी की। हम लोग लैन्सडाउन रोड से निकलकर दक्षिण की तरफ न जाकर उत्तर की तरफ क्यों जा रहे थे, और हमारे सामने से दो खाली टैक्सियाँ निकल जाने के बावजूद फेलूदा ने उन्हें क्यों नहीं रोका था, यह मैं नहीं जानता, लेकिन मुझे एक खयाल आ रहा था, वह फेलूदा से कहे बिना रह नहीं पाया।

"अच्छा, दीननाथ बाबू ने पाकड़ासी की उम्र साठ से अधिक बतायी थी लेकिन पाकड़ासी ने अपनी उम्र तिरपन बतायी है और वे पचास से ज्यादा के दिख भी नहीं रहे थे, यह कैसी बात हुई?"

फेलूदा बोले, "इससे यही साबित होता है, दीननाथ बाबू का 'ऑब्जर्वेशन' ठीक नहीं है।"

और दो मिनट चलने के बाद हम लोग लोअर सर्कुलर रोड पहुँच गये थे। फेलूदा बायीं तरफ मुड़ गये। मैंने कहा, "उस दिन की डकैती की खोज-पड़ताल करने जा रहे हैं क्या? परसों की अखबार में खबर छपी थी कि लोअर सरर्कुलर रोड पर हिन्दुस्तान इण्टरनेशनल होटल के पास किसी गहने की दुकान में तीन नकाबपोश रिवॉलवरधारी बदमाश घुसकर अन्धाधुन्ध गोलियाँ चलाते हुए खूब सारे कीमती हीरे-जवाहरात लेकर काली एम्बेसेडर में भाग गये।" इस खबर को पढ़ने के बाद फेलूदा ने कहा था, "इस तरह के किसी दुस्साहसिक अपराध की जासूसी करने का मौका मिलता तो कितना अच्छा होता।" मैंने सोचा, फेलूदा शायद अपने आप ही उसकी छान-बीन करने निकल पड़े हैं।

लेकिन फेलूदा ने मेरी बात सुनी ही नहीं। उन्हें देखकर लग रहा था,

वे वॉकिंग एक्सरसाइज करने निकले हैं। इसलिए चलने के अतिरिक्त किसी तरफ उनका ध्यान नहीं था। लेकिन एक मिनट चलने के बाद वे बायीं ओर मुड़कर सीधे हिन्दुस्तान इण्टरनेशनल होटल के भीतर चले गये। मैं भी उनके पीछे-पीछे लगा था।

फेलूदा सीधे रिसेप्शन काउण्टर में जाकर बोले, "आप के होटल में छह मार्च की सुबह कोई गेस्ट आये थे, जिनके नाम का पहला अक्षर 'जी' है?"

उनका सवाल सुनकर मुझे खयाल आया—बृजमोहन या नरेश पाकड़ासी किसी का नाम 'जी' अक्षर से शुरू नहीं होता, बस उन सेबवाले सज्जन का नाम रह जाता है।

रिसेप्शन में बैठे व्यक्ति ने रजिस्टर देखकर कहा, "दो साहब का नाम 'जी' अक्षर से शुरू होता है—जेराल्ड प्रैटली और जी. आर. होम्स। ये दोनों विदेश से आये थे।"

"थैन्क्स यू!" कहकर फेलूदा वहाँ से चले आये।

बाहर निकलकर हम लोगों ने एक टैक्सी ले ली। "पार्क होटल चलिए।" कहकर एक चारमीनार सिगरेट सुलगाकर फेलूदा बोले, "नक्शे के लाल निशानों पर अगर गौर करता तो देखता वे निशान अलग-अलग होटलों के नीचे लगाये गये हैं, इसलिए कोलकाता पहुँचकर होटल में ठहरना ही उनके लिए स्वाभाविक है। अच्छे होटलों में हिन्दुस्तान इण्टरनेशनल, पार्क होटल, ग्रेट ईस्टर्न होटल, रिट्ज कॉण्टिनेण्टल आदि हैं। निशान भी उन्हीं पाँच जगहों पर हैं। हमारे रास्ते में पार्क होटल पहले आता है, लिहाजा हम वहीं जा रहे हैं।"

पार्क होटल में छह तारीख को 'जी' अक्षर से नाम शुरू होनेवाला कोई नहीं आया था। लेकिन ग्रैण्ड होटल में जाकर उत्साहजनक खबर मिली। वहाँ पर एक बंगाली रिसेप्शनिस्ट से फेलूदा की जान-पहचान थी। सज्जन का नाम दासगुप्ता था। उन्होंने रजिस्टर खोलकर दिखाया—छह मार्च की सुबह पाँच व्यक्ति वहाँ पहुँचे थे, उनमें से एक भारतीय थे, जो शिमला के रहनेवाले थे। उनका नाम था जी. सी. धमीजा।

"वे क्या अभी भी इसी होटल में ठहरे हैं?" फेलूदा ने जानना चाहा।

"नो सर! कल सुबह ही वे चेक-आउट कर गये हैं।"

मेरे मन में भी उम्मीद की जो थोड़ी रोशनी नजर आयी थी, एकदम बुझ गयी।

फेलूदा की भौंहें सिकुड़ गयी थीं—फिर भी उन्होंने पूछा, "वे कितने नम्बर कमरे में थे?"

"दो सौ सोलह।"

"वह कमरा क्या अभी भी खाली है?"

"जी हाँ! आज शाम के लिए बुक है, लेकिन इस समय खाली है।"

"उस कमरे के बेयरा से कुछ बातें कर सकता हूँ?"

"सर्टेनली। मैं आपके साथ एक आदमी कर देता हूँ, वही आपको रूम बॉय से मिलवा देगा।"

लिफ्ट से पहली मंजिल पर पहुँचने के बाद एक लम्बे बरामदे से काफी दूर जाने के बाद दो सौ सोलह नम्बर कमरा पड़ता था। रूम बॉय मिल गया था। फेलूदा उसके साथ कमरे के अन्दर गये, फिर एक-दो चक्कर काटने के बाद उन्होंने पूछा, "कल जो सज्जन रुके थे, उनकी बात याद है?"

"जी साहब।"

"अच्छी तरह सोचकर बताओ, उनके साथ क्या-क्या सामान था?"

"एक काले रंग का बड़ा सूटकेस था और एक छोटी अटैची।"

"नीले रंग की अटैची?"

"जी साहब! मैं जब फ्लास्क में पानी लेकर कमरे में आया तब साहब को देखा तो वे छोटी अटैची खोलकर सारी चीजें बाहर निकालकर बिस्तर पर फैलाये हुए थे। मुझे लगा, साहब कुछ ढूँढ़ रहे थे।"

"वेरी गुड! बाबू के पास सेब भी थे या नहीं?"

"हाँ, बाबू के पास तीन सेब थे। वे प्लेट में रखे थे।"

"बाबू का चेहरा कैसा था?" पूछने पर बॉय ने जैसा बताया, उस तरह के चेहरे के कम-से-कम एक लाख व्यक्ति कोलकाता में मिल जाएँगे।

खैर, ग्रैण्ड होटल में आकर एक बड़ा काम पूरा हुआ। दीननाथ बाबू की अटैची जिनके साथ बदल गयी थी, उनका नाम और पता दोनों मिल गया। उनका पता मिस्टर दासगुप्त ने एक पुर्जे पर लिख रखा था। उन्होंने उसे फेलूदा को दे दिया। वह पता था—जी. सी. धमीजा, द नुक, वाइल्ड फ्लावर हॉल, शिमला।''

तीन

"चाचाजी कहीं गये हैं, सात बजे तक लौटेंगे।" दीननाथजी के भतीजे ने कहा।

ग्रैण्ड होटल से निकलकर न्यू एम्पायर के सामने की दुकान से एक मीठा पान खरीदकर हमलोग सीधे रंजन स्ट्रीट में दीननाथजी के घर पहुँचे। आज की प्रगति की रिपोर्ट उन्हें देनी थी। घर के फाटक के अन्दर जाकर बायीं तरफ एक के बाद एक चार गैराज थे। उनमें से तीन खाली थे और एक गैराज में एक और पुराने मॉडल की विचित्र गाड़ी खड़ी थी। फेलूदा

बोले, "यह इटालियन गाड़ी है, जिसका नाम लागण्डा है।"

दरवान को कार्ड देने के एक मिनट के भीतर एक सज्जन बाहर आये। वे तीस से कम उम्र के लग रहे थे। कद साधारण, रंग दीननाथ जी की तरह गोरा, बाल बिखरे हुए, पीछे की तरफ लम्बे, कान के दोनों तरफ लम्बी जुल्फें थीं, आजकल बहुत से लोग ऐसी जुल्फें रखते हैं। वह एकटक फेलूदा को देख रहे थे।

फेलूदा बोले, "हमलोग जरा बैठ सकते हैं? उनसे कुछ जरूरी काम था।"

"आइए..."

उन सज्जन ने हमलोगों को बैठक में ले जाकर बैठाया, वहाँ दीवार और फर्श पर बाघ-भालू के खालों की भरमार थी। दीननाथजी के ताऊजी भी क्या शिकारी थे! शायद शिकारी होने के कारण ही शम्भूचरण के साथ उनकी घनिष्ठता रही होगी।

"चाचाजी शाम के समय टहलने जाते हैं, अभी आ जाएँगे।"

उनकी आवाज जरूरत से ज्यादा पतली थी। क्या इन्हीं को दीननाथजी ने धमीजा की अटैची दी थी?

"आप क्या वही फेलू मित्र हैं, जिन्होंने 'सोने के किले' का रहस्य खोजा था?" उस युवक ने पूछा।

फेलूदा हाँ कहकर परम इत्मीनान से टाँग पर टाँग चढ़ाकर आराम से सोफे पर बैठ गये। मुझे न जाने क्यों उन सज्जन का चेहरा जाना-पहचाना लग रहा था। हालाँकि मैं वजह समझ नहीं पा रहा था। अन्त में सोचा, अन्दाज लगाने में हर्ज क्या है।

मैंने पूछा, "आपने क्या किसी फिल्म में काम किया है?"

उस युवक ने गला फाड़कर कहा, "हाँ, 'अशरीरी' में जो एक थ्रिलर है, विलेन की भूमिका निभायी है। हालाँकि फिल्म अभी रिलीज नहीं हुई है।"

"आपका नाम क्या है?"

"असली नाम प्रवीर लाहिड़ी है। फिल्म में अमर कुमार।"

''हाँ, हाँ—अमर कुमार—याद आ गया।''

किसी फिल्मी पत्रिका में उनका फोटो देखा था। मगर उनकी आवाज इतनी पतली है, इन्होंने विलेन का रोल कैसे किया होगा?

''अभिनय क्या आपका पेशा है?''

यह सवाल फेलूदा का था। वे कुर्सी पर न बैठकर खड़े क्यों थे, मैं समझ नहीं पाया।

''चाचा के प्लास्टिक के कारखाने में बैठना पड़ता है। लेकिन मेरी रुचि अभिनय में ही ज्यादा है।''

''चाचाजी क्या कहते हैं?''

''चाचाजी की कोई रुचि नहीं है।''

''क्यों?''

''वैसे ही।''

अमर बाबू ने मुँह बिगाड़ लिया। मैं समझ गया अभिनय को लेकर उनका अपने चाचाजी से मतभेद हुआ होगा।

मुझे एक बात पूछनी थी। वे सज्जन अपने व्यवहार से थोड़े चिड़चिड़े लगे, शायद इसीलिए फेलूदा विनम्रता से बातें कर रहे थे।

अमर बाबू बोले, ''आप के प्रश्नों का जवाब देने में मुझे कोई आपत्ति नहीं है। लेकिन चाचाजी के बारे में कुछ कहना...''

''आपके चाचाजी ने क्या आपको एयर इण्डिया की कोई अटैची दी थी?''

''हाँ, लेकिन देख रहा हूँ किसी ने चुरा ली है। हमारे यहाँ एक नया नौकर...''

फेलूदा हँसते हुए हाथ उठाकर प्रवीर बाबू को रोकते हुए बोले, ''नहीं-नहीं, किसी नये नौकर ने आपकी अटैची नहीं चुरायी है, वह मेरे पास है।''

''आपके पास?'' प्रवीर बाबू हैरान हो गये।

''हाँ।'' आपके चाचाजी ने अचानक तय किया है, यह जिसकी अटैची है, उसे वापस कर देनी चाहिए और उसकी जिम्मेदारी मुझे सौंपी है, अब सवाल यह है—आपने क्या उसमें से कोई सामान निकाला है?''

"निकाला तो है, देखिए..."

प्रवीर बाबू ने जेब से एक डॉट पेन निकालकर दिखाया, फिर बोले, "ब्लेड और शेविंग क्रीम भी इस्तेमाल करने की इच्छा थी, लेकिन उसका मौका ही नहीं मिला।"

"लेकिन प्रवीर बाबू, आप समझ ही रहे हैं, अगर अटैची लौटानी है तो पूरे सामान के साथ ही लौटानी पड़ेगी। एकदम इनटैक्ट।"

"नेचुरली!"

प्रवीर बाबू ने वह डॉट पेन फेलूदा की तरफ बढ़ा दिया, फेलूदा ने धन्यवाद कहकर उसे अपनी जेब में रख लिया लेकिन अपने चाचा से उनकी नाराजगी खत्म नहीं हुई थी। बोले, "उन्होंने जब वह मुझे दे ही दिया था, उसको लेते समय एक बार–"

प्रवीर बाबू की बात पूरी नहीं हुई थी, इतने में दीननाथ बाबू की गाड़ी के गूँजते हॉर्न की आवाज सुनते ही फिल्मी विलेन अमर बाबू चुपचाप कमरे से बाहर चले गये।

"ओः होः—आपलोग आये हैं?"

दीननाथ बाबू कमरे में आकर बेहद लज्जित भाव से गर्दन झुकाकर नमस्कार की मुद्रा में दोनों हाथ जोड़कर हमारी तरफ आ गये। हमदोनों खड़े हो गये थे। वे हड़बड़ाते हुए बोले, "बैठिए, बैठिए, प्लीज! आपलोगों को बेवक्त चाय पीने में जरूर कोई आपत्ति नहीं है—अरे कौन है?"

नौकर को चाय बनाने के लिए कहकर हमारे साथ वाले सोफे पर बैठते हुए बोले, "कहिए, क्या खबर है?"

फेलूदा बोले, "आपका बैग आपके कम्पार्टमेण्ट के उन सेबवाले सज्जन के साथ बदल गया है। उनका नाम है जी. सी. धमीजा।"

दीननाथ जी चमत्कृत होकर बोले, "आपने एक ही दिन के भीतर उन सज्जन का नाम भी पता लगा लिया, कोई जादू है क्या?"

फेलूदा अपनी रहस्यमयी मुसकान बिखेरकर बोले, "वे सज्जन शिमला में रहते हैं, पता भी मिल गया है। ग्रैण्ड होटल में आये थे। उन्हें तीन दिन रहना था लेकिन दो दिन बाद ही वे चले गये।"

"चले गये?" दीननाथ बाबू कुछ हताश-से बोले।

"जी हाँ, उन्होंने होटल छोड़ दिया है। शिमला वापस चले गये हैं या नहीं, कह नहीं सकता, लेकिन शिमला में उनके पते पर एक तार भेजकर इसका पता लगाया जा सकता है।"

दीननाथ जी कुछ देर चिन्तित मुद्रा में खामोश रहने के बाद बोले, "आप एक काम कीजिए। हालाँकि तार मैं आज ही भेज देता हूँ, लेकिन मान लीजिए, पता चलता है कि वह शिमला लौट गये हैं एवं मेरी अटैची भी उनके पास है, तो मामला तो यहीं खतम नहीं हो जाता है। उनकी अटैची तो उन्हें वापस करनी होगी।"

"हाँ-हाँ, वापस तो करनी ही है। और उस यात्रा-संस्मरण के बारे में मेरा कुतूहल भी है। इसके लिए आपकी अटैची भी तो वापस लानी होगी।"

"वेरी-गुड! मैं आपका पूरा खर्चा दूँगा। आप एक बार जल्दी से शिमला घूम आइए। मैं तो कहता हूँ आप अपने भाई को भी अपने साथ ले जाइए। शिमला में इस मौसम में बर्फ गिरती है, जानते ही होंगे। कभी अपने सामने बर्फ गिरते देखा है खोका?"

किसी और वक्त खोका कहने से मुझे गुस्सा आता लेकिन शिमला जाने का मौका मिल रहा था, यह सोचकर मैंने उसे अनसुना कर दिया। मेरा दिल तेजी से धड़कने लगा था।

फेलूदा का जवाब सुनकर मुझे बहुत बुरा लगा। फेलूदा बोले, "एक बात आप सोच लीजिए मिस्टर लाहिड़ी, अब आप अगर चाहें तो दूसरे किसी व्यक्ति को भी शिमला भेज सकते हैं। उनकी अटैची वापस करके आपकी ले आना—इसके अतिरिक्त तो और कोई काम नहीं है! तो फिर—"

"नहीं-नहीं, नहीं लाहिड़ी बाबू!" उन्होंने अपनी बात पर जोर देकर कहा, "आपकी तरह भरोसेमन्द व्यक्ति कहाँ मिलेगा? फिर शुरू जब आपके हाथों हुआ है, तो इसका समापन भी आप ही कीजिए।"

"क्यों, आप का भतीजा?"

दीनानाथ बाबू निराश हो गये, बोले, "उसे अपनी जिम्मेदारी का अहसास

नहीं है। न जाने किस बांग्ला फिल्म में नाम लिखाकर एक्टिंग कर आया है। आप ही जरा सोचिए वह कोई स्थिर दिमागवाला व्यक्ति नहीं है। नहीं, उस भतीजे-वतीजे से काम नहीं होगा। आप को ही जाना पड़ेगा। हमारा एक परिचित ट्रेवेल एजेण्ट है, आपके टिकट वगैरह का पूरा इन्तजाम कर देगा। आप जाकर काम पूरा करके चार दिन आराम कर वापस आइए। आपकी तरह महान व्यक्ति के लिए इतना कर पाने में मुझे खुशी होगी। इन चन्द घण्टों में आपने जो कर दिखाया—रियली रिमार्केबल!''

चाय आ गयी थी, साथ में कुछ नाश्ता भी। फेलूदा चॉकलेट केक का

एक टुकड़ा उठाकर बोले, "एक चीज देखने का बड़ा कुतूहल हो रहा है। जिस नेपाली अटैची में आपको वह पाण्डुलिपि मिली थी, उस अटैची को क्या मैं देख सकता हूँ। कोई दिक्कत तो नहीं है?"

"यह तो बहुत मामूली बात है, मैं अभी मँगाये देता हूँ।"

जो नौकर चाय लेकर आया था, वही वह अटैची ले आया। वह एक हाथ लम्बी, दस इंच ऊँची लगभग चौकोर लकड़ी की अटैची थी, जिस पर ताँबे की चादर चढ़ी थी और लाल, नीले, पीले, पत्थर से डिजाइन बने थे। उसे खोलते ही एक महक आयी, जिसे आज ही थोड़ी देर पहले एक बार और महसूस किया था।

नरेश पाकड़ासी के दफ्तर में धूल, पुराने फर्नीचर, और पुराने पर्दे—सबमें ऐसी ही गन्ध थी।

दीननाथ बाबू बोले, "आप यह जो दो खाने देख रहे हैं, इसके ऊपरी खाने में ही वह पाण्डुलिपि एक नेपाली अखबार में लिपटी रखी थी।"

फेलूदा बोले, "देख रहा हूँ, अटैची में सामान भरा पड़ा है।"

दीननाथ बाबू बोले, "हाँ, इसे एक छोटी-मोटी क्युरिओ शॉप कह सकते हैं, यह इतनी गन्दा है कि टटोलकर देखने की मेरी इच्छा नहीं हुई।"

फेलूदा ऊपर के हिस्से को बाहर निकालकर अन्दर का सामान देख रहे थे। पत्थर की माला, पीतल की नक्काशीदार चकत्ती, रोल किया हुआ तेल चिट्टा, ताखो, दो-चार अपरिचित दवाइयों की खाली बोतलें, दो मोमबत्तियाँ, एक छोटी घण्टी, न जाने किसकी एक हड्डी, दो-तीन छोटी-छोटी कटोरियाँ, कुछ जड़ी-बूटियाँ, एक सूखा फूल—कुल मिलाकर सचमुच ही यह किसी क्यूरिओ की दुकान लग रही थी।

फेलूदा बोले, "यह अटैची आपके ताऊजी की ही है क्या?"

"उनके साथ ही आयी थी। लिहाजा..."

"काठमाण्डू से कब लौटे थे आपके ताऊ जी?"

"ट्वण्टीथ्री (सन् 1923) में, तब मैं सात साल का था।"

"बेरी इण्टरेस्टिंग!" कहकर चाय की चुस्की लगाकर फेलूदा उठते हुए बोले, "ठीक है, जब आप कह रहे हैं तो हमलोगों को शिमला जाना

ही पड़ेगा। कल तो नहीं रवाना हो पाएँगे, क्योंकि हम दोनों को ही गरम कपड़े लाण्ड्री से लाने होंगे। परसों कालका मेल से निकल सकते हैं। लेकिन आप मिस्टर धमीजा को तार जरूर भेज दीजिएगा।''

साढ़े आठ बजे के करीब दीननाथ बाबू के घर से लौटकर देखा, बैठक में 'जटायु' बैठे थे। उनके हाथ में एक ब्राउन कागज का पैकेट था। हमलोगों को देखकर हँसते हुए पूछा, ''फिल्म देखकर आ रहे हैं क्या?''

चार

जटायु ख्यातिप्राप्त रोमांचक कहानीकार लालमोहन गाँगुली का उपनाम है। सोने का किला अभियान के दौरान उनसे परिचय हुआ था। एक तरह के लोग होते है, जिनके चुपचाप बैठे रहने से भी उन्हें देखकर हँसी आती है। लालमोहन बाबू उसी किस्म के व्यक्ति थे। कद में वे फेलूदा के कन्धे के बराबर थे। पाँच नम्बर का जूता पहनते थे। शरीर सिकुड़ा होने के बावजूद दाहिना हाथ कुहनी से मोड़कर बायें हाथ-से कोट के आस्तीन के भीतर अपने बल्ले दबाकर देख

लेते थे और दूसरे ही क्षण बाहर के कमरे से किसी के छींकने की आवाज सुनकर घबरा भी जाते थे।

"आपके और श्रीमान तोपसे के लिए अपनी पुस्तक ले आया हूँ।" यह कहकर उन्होंने वह लिफाफा फेलूदा को दे दिया। 'सोने का किला' की घटना के बाद से वे महीने में लगभग तीन बार हमारे यहाँ आया ही करते थे।

"यह किस देश पर लिखा है?" फेलूदा ने पैकेट खोलते हुए पूछा।

इसमें लगभग पूरी दुनिया को कवर किया गया है—फ्रॉम सुमात्रा टु सुमेरु।

"इस बार तथ्य में कोई गलती तो नहीं है?" फेलूदा ने पुस्तक को उलट-पुलटकर मुझे दे दिया। इससे पहले अपनी 'सहारा में सिहरन' पुस्तक में ऊँट के पानी पीने के बारे में उन्होंने एक बेसिर-पैर की बात लिख दी थी लालमोहन बाबू ने, बाद में फेलूदा ने उसे सुधार दिया था।

वे बोले, "नो सर! हमारे गरपार रोड में बदन बैनर्जी के घर में एनसाइक्लोपीडिया ब्रिटानिया का पूरा सेट है। एक-एंक फैक्ट देखकर मिला लिया है।"

फेलूदा ने कहा, "ब्रिटानिया न देखकर ब्रिटानिका देख लिया होता तो और निश्चिन्त हो जाता।" मगर उनकी बात को अनसुनी करते हुए लालमोहन बाबू बोले जा रहे थे—"इसमें जबर्दस्त क्लाइमेक्स है, पढ़कर देखिएगा—मेरे हीरो प्रखर रुद्र के साथ जलहस्ती का युद्ध।"

"जलहस्ती?"

"बड़ा रोमांचक है। पढ़कर तो जरा देखिए।"

"लड़ाई कहाँ होती है?"

"क्यों, नॉर्थ पोल (उत्तरी ध्रुव) में। आखिर जलहस्ती का मामला है।"

"नॉर्थ पोल में जलहस्ती?"

"आप भी क्या कह रहे हैं, आपने फोटो में नहीं देखा है? झाड़ू की सींक की तरह लम्बी-लम्बी मूँछें, मूली की तरह बाहर निकले हुए दो दाँत, थपथप करके बर्फ के ऊपर चलता है—"

"वह तो सिन्धु घोटक है, जिसे अँग्रेजी में बालरस कहते हैं। जलहस्ती तो हिपोपोटैमस है—वह अफ्रीकी जीव है।"

जटायु की जीभ शर्म से लाल होकर दो इंच बाहर निकल आयी।

"अरे छिः छिः, छिः छिः बैड मिस्टेक। घोड़ा और हाथी में गड़बड़ हो गया है। पानी और सिन्धु तो लगभग एक ही है। अँग्रेजी तो मैं करेक्ट जानता था, अब से छपवाने से पहले पाण्डुलिपि एक बार आपको दिखा दिया करूँगा।"

"अभी आता हूँ।" कहकर फेलूदा के अन्दर चले जाने के बाद मुझे अकेला पाकर वे सज्जन बोले, "तुम्हारे भैया आज थोड़ा गम्भीर लग रहे हैं। कोई नया केस मिला है क्या?"

मैंने कहा, "नहीं, ऐसी कोई बात नहीं है, लेकिन किसी काम के लिए हमलोगों को शिमला जाना पड़ रहा है।"

"शिमला, कब?"

"शायद परसों।"

"लांग टूर?"

"नहीं, सिर्फ चार दिनों के लिए।"

"ओह, मैं भी उधर कभी गया नहीं।" कहकर वे थोड़ा अनमने हो गये।

फेलूदा के वापस आने के बाद वे फिर से सहज होकर बैठ गये। बोले, "पता चला, आपलोग शिमला जा रहे हैं। क्या कोई जासूसी मामला है?"

"ठीक जासूसी नहीं। दो सज्जनों की अटैची बदल गयी। समझ लीजिए, श्याम की अटैची लेकर श्याम को देनी है और राम की अटैची उससे लेकर राम को देनी है।"

"अरे बाप रे, पूरा अटैची रहस्य है?"

"अभी से रहस्य नहीं कहा जा सकता, लेकिन दो-चार सामान्य बातें जरूर खटकती हैं।"

"देखिए सर!" जटायु रोकते हुए बोले, "इन कुछ महीनों में मैं

आपको अच्छी तरह से पहचान गया हूँ। मेरी धारणा है कि इसमें कुछ खास बात न होने से आप इस केस में हाथ नहीं देते। सच-सच बताइए, बात क्या है?"

फेलूदा की बातों से समझ गया था इस स्टेज में वे लालमोहनबाबू को खुलकर कुछ बताना नहीं चाहते। वे बोले, "कौन सच कह रहा है, या सच को छुपा रहा है, कौन झूठ बोल रहा है—ये बातें का पूरी तरह स्पष्ट होने से पहले कुछ भी कहना सम्भव नहीं है। लेकिन कुछ तो गड़बड़ है यह—"

"बस-बस........!" जटायु की आँखें चमक उठीं, "तो कहिए, आपकी अनुमति मिले तो आपके साथ चिपक जाऊँ।"

"ठण्ड बर्दाश्त कर लेते हैं?"

"ठण्ड! लास्ट इयर दार्जिलिंग गया था।"

"किस मौसम में?"

"मई महीने में।"

"शिमला में इस वक्त बर्फ गिर रही है।"

जटायु हैरानी से कुर्सी छोड़कर खड़े हो गये। बोले, "क्या कह रहे हैं आप? बर्फ? पिछली बार डेजर्ट और अब स्नो? फ्रॉम द फ्राईंग पैन टु फ्रिजिडेयर? मैं तो सोच भी नहीं पा रहा हूँ सर।"

"काफी खर्च का मामला है।"

हालाँकि फेलूदा इन बातों से जटायु को निरुत्साहित करने की कोशिश कर रहे थे, लेकिन वे भी कहाँ मानने वाले थे, हा-हा करके विलेन की तरह हँसकर बोले, "खर्च का डर क्यों दिखा रहे हैं सर? इक्कीस रोमांचक उपन्यास हैं मेरे। प्रत्येक के कम-से-कम पाँच संस्करण छपे हैं। आपलोगों के आशीर्वाद से कोलकाता शहर में तीन मकान बन गये हैं। इन सब मामलों में मैं खर्च की परवाह नहीं करता, सर! जितना देखूँगा उतना प्लाट मिलेगा, पुस्तकों की संख्या बढ़ेगी। सब तो फेलू मित्र नहीं हैं कि सिन्धु घोटक और जलहस्ती में फर्क समझ लें। जो लिखूँगा लोग वही पढ़ेंगे और जितना

पढ़ेंगे उतना ही मेरा लाभ होगा। मेरे फायदे का रास्ता रोके, ऐसी हिम्मत किसमें हैं सर? हाँ, अगर आप साफ-साफ मना कर दें तो फिर..."

फेलूदा ने मना नहीं किया। जाने से पहले लालमोहन बाबू ने, हम कब जा रहे हैं, कितने दिनों के लिए जा रहे हैं, कैसे जा रहे हैं, जानकर एक कापी में लिख लिया। फिर बोले, "एक गरम बनियान, दो पुल-ओवर, एक रुई-भरा कोट, उसके ऊपर एक ओवर-कोट पहनकर भी क्या ठण्ड से नहीं बच पाऊँगा? आपका क्या कहना है?"

फेलूदा बोले, "उसके साथ एक जोड़े दस्ताने, एक मंकी कैप, एक जोड़ा गोला शूज, गरम मोजे और फ्रॉस्ट बाइट की दवाइयाँ लेने से और भी बेफिक्र हो सकते हैं।"

स्कूल में इम्तहान देना मुझे बिलकुल अच्छा नहीं लगता, लेकिन फेलूदा के सामने परीक्षा देने में मुझे कोई आपत्ति नहीं रहती। सच कहूँ तो उसमें एक तरह का मजा आता है और उस मजे के साथ दिमाग भी खुल जाता है।

रात में भोजन करने के बाद फेलूदा अपने पलंग पर सीने के नीचे तकिया दबाकर उलटा लेटे हुए थे और मैं उनके पास बैठकर परीक्षा दे रहा था, अर्थात् इस केस से जुड़े सवालों का जवाब दे रहा था।

पहला सवाल, "इस अटैची की अदला-बदली के मामले में किन-किन लोगों से परिचय हुआ है, बताओ।"

"पहले व्यक्ति दीननाथ लाहिड़ी।"

"अच्छा! उन सज्जन के बारे में तुम्हारी क्या राय है?"

"अच्छी ही है, लेकिन पुस्तक वगैरह के बारे में उनका विशेष ज्ञान नहीं है। और वे इतने पैसे खर्च करके हम लोगों को शिमला भेज रहे हैं, यह मुझे थोड़ी अटपटी..."

"जो व्यक्ति इतनी महँगी दो-दो गाड़ियाँ मेण्टेन कर सकते हैं, उनके पास पैसों की कमी नहीं है। और फेलू मित्र को एम्प्लाय करना भी एक

प्रेस्टीज की बात है, इसे भी झुठलाया नहीं जा सकता है।''

''अगर ऐसी बात है तो अटपटा लगने का कोई कारण नहीं है। दूसरा, परिचय हुआ नरेशचन्द्र पाकड़ासी से। वे रूखे मिजाज के व्यक्ति हैं।''

''लेकिन साफ बोलते हैं, यह भी उनकी एक खूबी है, सबमें यह खूबीं नहीं होती है।''

''लेकिन उनकी सारी बातें क्या सच होती हैं? दीननाथ बाबू क्या सचमुच पहले इस लायक थे, मेरा मतलब है रेस के मैदान में जाते थे?''

''किसी समय क्यों, अभी भी वैसे ही हैं। मगर वे खराब इनसान हैं, ऐसी बात नहीं है।''

''उसके बाद अमर कुमार मतलब प्रवीर लाहिड़ी। वे अपने चाचा को पसन्द नहीं करते हैं।''

''स्वाभाविक है, चाचा उनके एम्बिशन में बाधक बन रहे हैं, उनको एक अटैची देकर फिर वापस ले लेते हैं। उनका नाराज होना स्वाभाविक है।''

''प्रवीर बाबू का बदन काफी गठीला लगता है।''

''हाँ, उनकी कलाई चौड़ी है, इसी वजह से उनके गले की पतली आवाज और भी अजीब लग रही थी। ...अब बताओ, कालका मेल के फर्स्ट क्लास डी कम्पार्टमेण्ट के बाकी दो यात्रियों का क्या नाम था?''

''एक थे बृजमोहन।...उनका सरनेम...?''

''केडिया, मारवाड़ी!''

''हाँ, वह लेनदेन का कारोबार करते हैं। चेहरे में कोई खास बात नहीं है। वह नरेश पाकड़ासी को पहले से जानते थे।''

''उनका लेनिन सरणि में वाकई दफ्तर है। टेलिफोन डिरेक्टरी में उनका नाम है।''

''दूसरे व्यक्ति थे जी. सी. धमीजा। वे शिमला में रहते हैं, उनका सेब का बागीचा है।''

''उसका कोई सबूत नहीं है, इस वजह से कहा जा सकता है, बागीचा हो भी सकता है, और नहीं भी हो सकता है।''

“लेकिन धमीजा के साथ ही उनकी अटैची बदली है, यह बात तो सही है।”

वह अटैची फेलूदा के पास उनके बिस्तर के ऊपर रखी थी। उसका ढक्कन खोलकर अन्दर के सामान को कुछ देर तक देखकर फेलूदा जैसे खुद ही से बोले, “हूँ, यही एक बात है, जिसके सम्बन्ध में शायद...।”

अटैची के अन्दर तह किये हुए दिल्ली के जो दो अखबार थे, उन्हें हाथ से उलटते-पुलटते हुए फेलूदा लगभग उसी तरह खुद से बोले, “जानता है, इन अखबारों को लेकर ही मेरे मन में कैसी एक...”

फेलूदा का इस तरह बड़बड़ाना रुक गया, क्योंकि तभी टेलीफोन बज उठा। इसके पहले टेलीफोन बैठक में था। अभी भी वहीं पर है लेकिन अपनी सुविधा के लिए फेलूदा ने पलंग के पास ही एक एक्सटेन्शन लगा लिया था।

“हैलो!”

“कौन, मिस्टर मित्र?”

फोन फेलूदा के हाथ में था लेकिन शायद रात का समय होने के कारण उस तरफ की बातें मुझे स्पष्ट सुनई पड़ रही थी।

“कहिए, मि. लाहिड़ी!”

“सुनिए, मि. धमीजा के पास एक सूचना है।”

“इतने थोड़े समय में ही टेलीग्राम का...”

“नहीं, नहीं, टेलिग्राम का जवाब कल से पहले नहीं आनेवाला। अभी पाँच मिनट पहले मुझे एक फोन मिला है, आपको पूरी बात बता रहा हूँ। धमीजा ने रेलवे के दफ्तर में पता लगाकर रिजर्वेशन चार्ट देखकर मेरा नाम-पता मालूम कर लिया था। अचानक ही उन्हें चले जाना पड़ा था इसलिए मेरे साथ सम्पर्क नहीं कर पाये थे। लेकिन अपने किसी परिचित को मेरी अटैची दे गये हैं। उनको धमीजा की अटैची दे देने से वह मेरी अटैची वापस कर देंगे। उस व्यक्ति ने मुझे फोन किया था। लिहाजा आप समझ ही रहे हैं- ”

“मैनुस्क्रिप्ट है कि नहीं, उनसे पूछा?”

"हाँ-हाँ, सब ठीक है।"

"वाह, यह तो अच्छी खबर है। अब तो आपकी सारी परेशानी खत्म हो गयी।"

"जी हाँ, एकदम अप्रत्याशित रूप से। मैं पाँच मिनट के भीतर निकल रहा हूँ। आपके घर से धमीजा की अटैची लेकर सीधे प्रिटोरिया स्ट्रीट चला जाऊँगा।"

"आपसे एक गुजारिश कर सकता हूँ मिस्टर लाहिड़ी?"

"कहिए!"

"आप क्यों आने का कष्ट करेंगे! शिमला ही जब जा रहा था तो फिर प्रिटोरिया स्ट्रीट जाने में मुझे क्या परेशानी है! मेरा कहना है कि अटैची मैं ही लेता आऊँगा। उस अटैची को आज रात मेरे पास रहने दीजिए; मैं शम्भूचरण की पाण्डुलिपि पढ़ना चाहता हूँ। लेख एक नजर देख लूँगा, यही मेरा पारिश्रमिक होगा। कल सुबह मैनुस्क्रिप्ट के साथ अटैची आपको पहुँचा दूँगा। ठीक है न।"

"वेरी गुड। मुझे कोई आपत्ति नहीं है। उन सज्जन का नाम मि. पुरी है। उनका पता है—फोर बाई टू प्रिटोरिया स्ट्रीट।"

"धन्यवाद! आल्स वेल दैट एण्ड्स वेल।"

फेलूदा टेलीफोन रखकर कुछ देर तक भौंहें सिकोड़कर बैठे रहे, मेरी मानसिक स्थिति क्या हो रही थी, यह बताने का कोई फायदा नहीं है। शिमला नहीं जा पाऊँगा, शिमला नहीं जा पाऊँगा, नहीं जा पाऊँगा-बार-बार यही लग रहा था और अन्दर एक खालीपन महसूस हो रहा था। बर्फ के शहर में जाते-जाते रह गया। मार्च महीने में कोलकाता की गर्मी बर्दाश्त नहीं हो रही थी। लेकिन चारा भी क्या था, कम से कम घटना के अन्तिम पर्व में फेलूदा के साथ रहना चाहिए। यही सोचकर कहा—"मैं भी तैयार हो लूँ फेलूदा? बस दो मिनट लगेंगे।"

"जा, जल्दी जा!"

कपड़े बदलकर तैयार होकर धमीजा की अटैची लेकर टैक्सी से प्रिटोरिया स्ट्रीट पहुँचने में बीस मिनट से कुछ ज्यादा समय लगा था। प्रिटोरिया स्ट्रीट

लोवर सर्कुलर से निकलकर थोड़ी दूर जाकर राइट एंगल से दाहिने जाकर, फिर राइट एंगल में बायें घूमकर थियेटर रोड पर यूड़ी शेक्सपियर सरणि से मिलती है। यह सड़क प्रायः सुनसान रहती है, फिर रात का समय था। हमलोग लोवर सर्कुलर रोड में पहुँचकर सड़क के एक सिरे से दूसरे सिरे तक टैक्सी घुमाते हुए समझ गये थे, गाड़ी में बैठकर मकान ढूँढ़ना असम्भव है। शेक्सपियर सरणि के नजदीक पहुँचकर टैक्सी रुकवाकर फेलूदा ने सिख ड्राइवर से कहा, ''मकान ढूँढ़ना होगा सरदार जी! जरा रुकिए, एक अटैची एक मकान में पहुँचाकर आ रहे हैं।''

सरदारजी बड़े भले आदमी थे, उन्होंने कोई आपत्ति नहीं की। हमलोग टैक्सी से उतरकर दक्षिण दिशा की तरफ जा रहे थे। बायीं तरफ दीवार के उस पार बाईस मंजिला बिड़ला बिल्डिंग सिर उठाये खड़ी थीं। फेलूदा बोले, ''रात के वक्त कोलकाता में सबसे डरावनी लगती हैं ये आसमान को छूने वाली ऊँची-ऊँची दफ्तर की इमारतें। केवल शरीर है, उसमें जान नहीं है। वैसी ही है। तूने कभी खड़ी लाश देखी है? ये इमारतें वैसी ही हैं।''

थोड़ी दूर जाने के बाद दाहिने तरफ एक फाटक मिला, उस पर चार लिखा था। थोड़ा आगे जाने के बाद मकान का नम्बर देखा—पाँच इसका मतलब दो मकान के बीच की गली में चार बटे दो नम्बर का मकान होना चाहिए था। बाप रे बाप, कितनी सुनसान सड़क थी। पूरी सड़क पर इक्की-दुक्की टिमटिमाती बत्तियाँ जल रही थीं, जिसके लाइट-पोस्ट के नीचे थोड़ा-सा उजाला था, बाकी पूरी सड़क पर अँधेरा पसरा था। हम उस गली में घुस गये।

कुछ दूर जाने के बाद एक और फाटक मिला। यह निश्चित चार बटे एक होगा। तो क्या चार बटे दो और भी अन्दर इस अँधेरी गली में होगा? लेकिन उधर कोई मकान नहीं दिख रहा था। और हो भी तो उसमें कोई बत्ती नहीं जल रही थी। गली के दोनों तरफ भी दीवारें थीं। दीवारों के दूसरी तरफ के घरों के बागीचों से पेड़ की टहनियाँ सड़क पर झुकी हुई थीं। लोवर सर्कुलर रोड से गाड़ियों के आने-जाने की क्षीण आवाजें आ रही

थीं। अचानक दूर गिरजे में घड़ी का घण्टा बजा। यह सेण्ट पाल्स की घड़ी की आवाज थी। रात के साढ़े ग्यारह बजे थे। लेकिन इन आवाजों से प्रिटोरिया स्ट्रीट का डरावनापन और बढ़ रहा था, घट नहीं रहा था। पास ही कहीं एक कुत्ते ने भौंकना शुरू कर दिया, और ठीक उसी क्षण 'टैक्सी! सरदारजी! सरदारजी!' की चीख अपने आप ही मेरे गले से निकल गयी।

एक आदमी दाहिनी तरफ की दीवार फाँदकर फेलूदा पर झपटा। साथ-साथ एक दूसरा व्यक्ति भी। अपना हाथ खाली करके वे एक झटके में पहले व्यक्ति को अपनी गर्दन के ऊपर से हटाकर उसके ऊपर कूद पड़े। यह तो पता चल रहा था कि बुरी तरह हाथापाई-धक्कामुक्की हो रही थी लेकिन अँधेरे की वजह से साफ नजर नहीं आ रहा था। मेरे सामने वह अटैची सड़क पर पड़ी थी। उसको उठाने के लिए मैंने हाथ बढ़ाया ही था कि उसी समय दूसरे व्यक्ति ने उस अटैची को उठाकर मुझे धक्का देकर सड़क पर गिरा दिया और तेजी से गली की तरफ भाग गया। इधर बायीं तरफ अँधेरे में मारपीट चल रही थी लेकिन फेलूदा उस आदमी को क्यों वश में नहीं कर पा रहे थे, मेरी समझ में नहीं आ रहा था।

"आँक!"

यह हमारे ड्राइवर सरदारजी के पेट पर चोट लगने की आवाज थी। वे हमारी चीख सुनकर गाड़ी छोड़कर गली की तरफ आ रहे थे। लेकिन अटैची चोर उन्हें वहीं घायल करके भाग गया था। दूर लाइट-पोस्ट के हलके उजाले में मैंने सरदारजी को जमीन पर गिरे हुए देखा।

इतने में पहला व्यक्ति भी दीवार फाँदकर भाग गया। फेलूदा अपनी जेब से रूमाल निकालकर हाथ पोंछते हुए बोले, "कम-से-कम बदन पर सेर भर तेल चुपड़कर आया था, गाँव के चोर जिस तरह करते हैं।"

इस तेल की बू उनके आते ही मुझे महसूस हुई थी लेकिन बू का कारण मैं समझ नहीं पाया था।

"अच्छा हुआ।"

फेलूदा ने क्यों ऐसा कहा, मैं नहीं समझ सका। इतनी बड़ी दुर्घटना घट जाने के बावजूद फेलूदा कह रहे थे, "किस्मत अच्छी थी।"

मैंने पूछा, "ऐसा क्यों कह रहे हैं?"

टैक्सी की तरफ जाते हुए फेलूदा बोले, "तू क्या समझ रहा है कि वह बदमाश क्या जी. सी. धमीजा की अटैची लेकर भागा है?"

"तो फिर?" मैं तो हैरान हो गया।

"जो ले गया, वह थी द प्रापर्टी ऑफ प्रदोष सी. मित्र। उसमें थे तीन फटे बनियान, पाँच पुराने रूमाल, फटे कपड़े और पुरानी फटी आनन्द बाजार पत्रिका। तू जब कपड़े बदल रहा था तब मैंने वन नाईन सेवेन में फोन करके पता लगा लिया था—चार बटे दो प्रिटोरिया स्ट्रीट में कोई फोन नहीं है। हालाँकि उस नम्बर का कोई मकान भी नहीं है यहाँ। यहाँ नहीं आते तो यह बात पता नहीं चलती।"

मेरी धड़कनें फिर तेज हो गयी थीं।

मेरा मन कह रहा था—आखिरकार शिमला जाना ही पड़ेगा।

पाँच

कल रात घर पहुँचने के बाद दीननाथ बाबू को फोन पर पूरी घटना की जानकारी दी गयी। वे सुनकर दंग रह गये। बोले, "ऐसा भी हो सकता है, यह तो मैंने सपने में भी नहीं सोचा था। हो सकता है कि साधारण झपटमार, इस अटैची में कुछ है, सोचकर आप पर हमला करके उसे छीनकर ले भागा हो, जैसा कि कोलकाता में अकसर होता है। फिर भी एक बात समझ में नहीं आ रही है—चार बटे दो नम्बर का कोई मकान ही नहीं है प्रिटोरिया स्टीट में। इसका मतलब मिस्टर पुरी

पूरी तरह काल्पनिक व्यक्ति हैं और धमीजा का रेलवे में पता लगाने वाली बात एक धोखा है। तो फोन किसने किया था?''

फेलूदा बोले, ''अगर यही जान जाते तो यह जाँच पूरी हो गयी होती मिस्टर लाहिड़ी।''

''लेकिन आपको शक कैसे हो गया, बताइए तो?''

''असल में इतनी रात को उस आदमी का आपसे फोन पर बात करना मुझे अटपटा लग रहा था। धमीजा कल गये थे। इसका मतलब तो कल या आज सुबह किसी समय पुरी ने दिन में फोन क्यों नहीं किया?''

''हूँ! तो फिर शिमला जाने का प्लान तो वैसा ही रहेगा। लेकिन मामला जिस तरह करवट बदल रहा है, इस हालत में तो आपको भेजने में मुझे डर ही लग रहा है।''

फेलूदा हँसकर बोले, ''आप परेशान मत हों मिस्टर लाहिड़ी। केस अब उतना फीका नहीं लग रहा है, तेज मसाले की खुशबू आ रही है। इसलिए मैं भी हलका महसूस कर रहा हूँ। वरना आपसे रुपये लेने में मुझे बहुत संकोच हो रहा था। खैर, अब अगर आप एक काम कर दें तो बड़ा अच्छा होगा।''

''कहिए!''

''आप की अटैची में क्या-क्या सामान था, अगर आप उसकी सूची बनाकर मुझे भेज दे दें, तो आपकी अटैची लेते वक्त उन्हें मिलाकर देख लेता।''

''अटैची में खास कुछ नहीं था, इसलिए काम बड़ा आसान है। जब आपके जाने का टिकट वगैरह भेजूँगा, उसी के साथ सूची भी भिजवा दूँगा।''

कल हम लोगों को रवाना होना था, इसलिए आज दिनभर फेलूदा को बहुत व्यस्त रहना पड़ा। इस एक दिन में ही उनका हावभाव बिलकुल बदल चुका था। उनका दिमाग आज शान्त नहीं था, यह बार-बार अपनी अँगुली चटकाने से पता चल रहा था। मेरी समझ में यह बात भी नहीं आ रही थी कि अटैची में कोई कीमती वस्तु न होते हुए भी बदमाशों ने उसे क्यों छीना?

यही बात उनके दिमाग में भी थी। मामले को समझने के लिए उन्होंने कल दोबारा अटैची के सभी सामानों की जाँचकर ली। यहाँ तक कि टूथपेस्ट और शेविंग क्रीम के ट्यूब को भी दबाकर देख लिया। पैकेट से ब्लेडों को निकालकर गौर से देखा। अखबार खोलकर देखा—इतना कुछ करने के बावजूद सन्देहास्पद कुछ नहीं मिला था।

फेलूदा आठ बजते-बजते निकल पड़े थे। मैं क्या करता। किसी तरह से घर में अकेले बैठे कुछ घण्टे बिताने का मन बना लिया था। पिताजी पन्द्रह दिनों के लिए मैसानजोर गये थे। उन्हें एक पत्र लिखकर शिमला जाने की जानकारी देनी थी। फेलूदा कह गये थे। इन तीन घण्टों में अगर कोई घण्टी बजाए, तो तू खुद दरवाजा मत खोलना। श्रीनाथ से खोलने के लिए कहना। मैं ग्यारह बजे तक लौट आऊँगा।''

पिताजी को पत्र लिखने के बाद एक कहानी की किताब लेकर बैठक के सोफे पर इत्मीनान से लेटकर अटैची की घटनाओं के बारे में सोचते-सोचते मैं उनमें उलझता चला गया। दीननाथ बाबू, उनका अभिनेता भतीजा, रूखे मिजाज के नरेश पाकड़ासी, सेब वाले, शिमला में रहनेवाले मिस्टर धमीजा, सूद के कारोबारी बृजमोहन—इन सभी के बारे में मुझे लग रहा था, इनके चेहरों पर मुखौटा चढ़ा हुआ था, यहाँ तक कि एयर इण्डिया की वह अटैची और उसमें का सामान भी जैसे मुखौटे में नजर आ रहे थे। ऊपर से कल रात की प्रिटोरिया स्ट्रीट की वह भयावह घटना।

अन्त में ऊबकर सोचना छोड़कर सामने ताख से एक पत्रिका लेकर उसके पन्ने पलटने लगा। वह एक फिल्मी पत्रिका थी, जिसका नाम था 'ताराबाजी'। यह तो वही पत्रिका थी जिसमें मैंने अमर बाबू की तस्वीर देखी थी। इसी में विज्ञापन छपा लेख था—'श्री गुरु पिक्चर्स की निर्माणाधीन फिल्म 'अशरीरी,' नये कलाकार अमर कुमार अभिनीत। सिर पर 'ज्वेल थीफ' में देवानन्द की शैली में पहनी गयी टोपी, गले में मफलर, पतली मूँछों के नीचे होठों पर क्रूर मुसकान। हाथ में एक पिस्तौल थी, जिसे देखने से साफ लगता था, नकली है। जरूर लकड़ी की बनी होगी।

मुझे अचानक क्या सूझा, टेलिफोन डायरेक्टरी खोलकर उसमें एक नाम ढूँढ़ निकाला—श्री गुरु पिक्चर्स। पता था—तिरपन नम्बर बेण्टिक स्ट्रीट। टू फोर फाइव फाइव फोर।

मैंने नम्बर घुमाया। उधर से घण्टी बजने की आवाज सुनाई पड़ी। फिर किसी ने फोन उठाया—

"हैलो!"

"श्री गुरु पिक्चर्स?"

मेरी आवाज छः महीने से पतली से भारी होने लगी थी। इसलिए उन्हें पता नहीं चलेगा कि मैं केवल साढ़े पन्द्रह वर्ष का हूँ।

"हाँ, श्री गुरु पिक्चर्स।"

"आप लोगों की अशरीरी फिल्म में जो नये अभिनेता अमर कुमार काम कर रहे हैं, उनके बारे में थोड़ी..."

"आप मिस्टर मल्लिक से बात कीजिए।"

शायद लाइन मिस्टर मल्लिक को दे दी गयी।

"हैलो!"

"मिस्टर मल्लिक!"

"बोल रहा हूँ।"

"आप लोगों की एक फिल्म में एक नये कलाकार अमर कुमार अभिनय कर रहे हैं क्या?"

"उन्हें तो हटा दिया गया है।"

"हटा दिया गया है?"

"आप कौन बोल रहे हैं?"

"मैं?" अपना क्या नाम बताऊँ, अचानक समझ नहीं पाया। बेवकूफ की तरह झट से फोन रख दिया। अमर कुमार निकाल दिये गये थे। जरूर उनकी आवाज के कारण ऐसा हुआ होगा। अखबार में फोटो वगैरह छपने के बाद, तो क्या खुद अमर बाबू इस बात को नहीं जानते? या फिर जानते हुए भी उन्होंने हमसे बताना ठीक नहीं समझा।

मैं बैठे-बैठे यही सब बातें सोच रहा था कि अचानक फोन की घण्टी

से मैं चौंक गया। मैंने हड़बड़ाकर रिसीवर उठाकर 'हैलो' कहा। लेकिन कई सेकेण्ड तक उधर से कोई जवाब नहीं मिला। उसके बाद खट की आवाज आयी। मैं समझ गया यह फोन पब्लिक बूथ से किया जा रहा था। मैंने दोबारा 'हैलो' कहा। इस बार आयी, कुछ दबी हुई पर साफ।

"शिमला जाने की तैयारी हो रही है?"

अचानक कोई अनजान व्यक्ति ऐसा सवाल पूछ सकता है, यह मैं सोच भी नहीं सकता था। इसीलिए मैं अकचकाकर थूक निगलकर चुप रह गया।

इस बार फिर आवाज आयी। रूखे स्वर में खून ठण्डा करने वाली आवाज—

"वहाँ जाने पर खतरा है समझे! खतरा!"

फिर खट की आवाज हुई। इस बार टेलीफोन रख दिया गया। अब कोई आवाज नहीं आएगी। लेकिन जितना सुना, उतने से ही मेरी हालत खस्ता हो गयी। उस नशेड़ी राणा के हाथ में शेर मारने वाली बन्दूक जिस तरह काँपती थी, ठीक उसी तरह काँपते हुए हाथों से टेलीफोन का चोंगा रखकर कुर्सी पर मैं किसी पुतले की तरह बैठ गया।

लगभग आधे-घण्टे बाद बैठे-बैठे फिर घण्टी की आवाज सुनकर दिल तेजी से धड़क उठा, लेकिन दूसरे ही क्षण समझ गया कि यह टेलीफोन नहीं कॉलिंग बेल की आवाज थी। इस बीच तीन घण्टे बीत चुके थे। इसलिए मैंने खुद दरवाजा खोल दिया। फेलूदा आये थे। उनके हाथ में एक बहुत बड़ा पैकेट देखकर समझ गया कि इसमें लॉण्ड्री से लाये हुए हम दोनों के गरम कपड़े होंगे। फेलूदा मेरी तरफ एक बार तिरछी आँखों से देखकर बोले, "होठ क्यों चाट रहा है? कोई गड़बड़ फोन आया था क्या?"

मैं तो चौंक गया, पूछा, "आप कैसे जान गये?"

"तूने रिसीवर जिस तरह रखा है, उसी से पता चलता है, और फिर मामला भी पेचीदा है—इस तरह के दो-एक टेलीफोन नहीं आने से ही चिन्ता की बात होती। खैर, फोन किसने किया था, क्या कह रहा था?"

"किसने किया था, यह मैं नहीं जानता, लेकिन कह रहा था, शिमला जाने से खतरा है।"

फेलूदा पंखे की स्पीड बढ़ाकर तख्त पर लेटकर बोले, ''तूने क्या कहा?''

''कुछ नहीं।''

''ईडियट! तुझे कहना चाहिए था आजकल कोलकाता की सड़कों पर जैसा खतरा है, उतना खतरा युद्धक्षेत्र को छोड़कर और कहीं नहीं है—शिमला तो उसके सामने कुछ भी नहीं।''

फेलूदा ने जिस तरह उस धमकी की अनदेखी की थी, मैंने भी उसकी चर्चा न करके कहा, ''आप लॉण्ड्री के अलावा और कहाँ गये थे?''

''एस. एम. केडिया के ऑफिस में।''

''कुछ पता चला?''

बृजमोहन व्यवहार में दोस्ताना लगे। बाँग्ला बोलते हैं। तीन पीढ़ियों से कोलकाता में रह रहे हैं। नरेश पाकड़ासी के साथ सचमुच उनका लेन-देन का रिश्ता था। मुझे लगा पाकड़ासी पर अभी भी कुछ रुपये उधार थे। धमीजा का दिया सेब बृजमोहन ने भी खाया था। उनके पास नीले रंग की एयर इण्डिया की कोई अटैची नहीं थी। ट्रेन में अधिकांश समय वे सोये हुए थे पर आँखें मूँदे लेटे हुए थे।''

मुझे अपनी तरफ से भी कोई खबर देनी थी, इसलिए अमर कुमार को निकाल दिये जाने की सूचना उनको दी। यह सुनकर फेलूदा बोले, ''इसका मतलब हुआ वह लड़का सचमुच अभिनय अच्छा कर लेता है।''

दिनभर में हमलोगों ने अपनी तैयारी पूरी कर ली। अगले दिन समय नहीं मिलने वाला था, क्योंकि भोर में साढ़े चार बजे ही उठ जाना था। हम सिर्फ चार दिनों के लिए जा रहे थे इसलिए साथ में ज्यादा कपड़े नहीं लिये थे। शाम के साढ़े छह बजे जटायु मतलब लालमोहन बाबू का एक फोन आया। उन्होंने कहा, ''मैंने अपने साथ एक नये प्रकार का हथियार रख लिया है। दिल्ली पहुँचकर दिखाऊँगा।'' लालमोहन बाबू को तरह-तरह के हथियार इकट्ठा करने का शौक था। राजस्थान सफर में एक खुखरी अपने साथ ले गये थे। हालाँकि उसकी आवश्यकता नहीं पड़ी थी। उन्होंने टिकट बनवा लिया था। कहा, ''कल सुबह दमदम में मिलूँगा।

रात आठ बजने के कुछ देर बाद दीननाथ बाबू का ड्राइवर आकर हमलोगों के लिए दिल्ली तक का हवाई जहाज और वहाँ से शिमला तक रेल का टिकट तथा दीननाथ बाबू की एक चिट्ठी दे गया। चिट्ठी में लिखा था—

प्रिय मिस्टर मित्र,

दिल्ली के जनपथ होटल में एक दिन के लिए और शिमला के क्लार्क होटल में चार दिनों के लिए कमरा बुक हो गया है। आपके कहे अनुसार शिमला में मिस्टर धमीजा के नाम एक तार भेज दिया था, जिसका अभी-अभी जवाब आया है। उन्होंने लिखा है मेरी अटैची उनके पास सँभालकर रखी हुई है। उन्होंने परसों शाम के चार बजे आपको अपने घर बुलाया है। उनका पता आपके पास है ही। आपने मेरी अटैची में रखे सामानों की एक सूची माँगी थी। मुझे अब याद आ रहा है कि उसमें मात्र एक चीज थी जो मेरे लिए थोड़ी मूल्यवान थी। वह विलायत में बनी एण्टारो वायोफार्म टैबलेट की शीशी थी। यहाँ की दवाओं से ज्यादा असरदार। आप लोगों की यात्रा शुभ और सुरक्षित हो, यही कामना है। इति।

भवदीय

दीननाथ लाहिड़ी

कल सुबह जल्दी उठना था। इसलिए हमलोगों ने सोचा था जल्दी खा-पीकर दस बजे तक सो जाएँगे। लेकिन रात के पौने दस बजे किसी ने हमारे दरवाजे की घण्टी बजायी। दरवाजा खोलने पर जिन्हें सामने पाया, वे कभी हमारे घर भी आएँगे, यह हम लोगों ने सोचा भी नहीं था। फेलूदा चौंके जरूर पर प्रकट नहीं किया। बोले, "गुड इवनिंग मिस्टर पाकड़ासी! अन्दर आ जाइए।"

इस समय उनके व्यवहार में चिड़चिड़ेपन का कोई लक्षण नहीं दिख रहा था। उनके होठों में एक अजीब मुस्कुराहट थी, लेकिन चेहरे पर संकोच भी था, एक दिन में ही इतना आश्चर्यजनक परिवर्तन। इतनी रात में वह क्या बताने आये थे?

नरेश बाबू सोफे पर न बैठकर कुर्सी पर बैठते हुए बोले, "रात बहुत

हो गयी है। पाँच बार फोन किया था लेकिन सम्पर्क नहीं हो पाया। इसलिए सोचा खुद ही हो आऊँ, बुरा मत मानिएगा।''

''बिलकुल नहीं, कहिए क्या बात है?''

''एक गुजारिश थी—खास गुजारिश। शायद आपको बेमतलब की भी लग सकती है।''

''आप कहिए तो।''

''दीननाथ बाबू की अटैची में जिस पाण्डुलिपि की बात आप कर रहे थे, क्या वह तेराई के रचयिता शम्भूचरण की लिखी है?''

''जी हाँ, यह उनकी तिब्बत-यात्रा का संस्मरण है।''

''माई गॉड!''

फेलूदा चुप थे, नरेश पाकड़ासी भी कुछ क्षण के लिए खामोश रहे। देखने से ही उनके भीतर एक दबी उत्तेजना झलकती नजर आ रही थी। वह फिर बोले, ''क्या आप जानते हैं, मेरे पास यात्रा-संस्मरण की पुस्तकों का बड़ा संग्रह है। वैसा संग्रह कोलकाता में और किसी के पास नहीं है।''

फेलूदा बोले, ''जरूर होगा। आपके किताबों की अलमारी पर मेरी नजर गयी थी। स्वर्णाक्षर में लिखे कई नाम भी मैंने देखे थे—स्वेन हेदिन, इब्नबतूता, तावेर्नियेे, हूकर...''

''अद्‌भुत नजर है आपकी।''

''यही भरोसा अपनी पूँजी है।''

नरेशबाबू अपनी मुड़ी हुई पाइप होठों से हटाकर फेलूदा को एकटक देखते हुए बोले, ''आप शिमला जा रहे हैं न!''

अब फेलूदा के चौंकने की बारी थी। ''आपको कैसे पता चला?'' यह सवाल हालाँकि उन्होंने नहीं पूछा, लेकिन उनके चेहरे से पता चल रहा था। नरेशबाबू थोड़ा मुस्कराकर बोले, ''दीनू लाहिड़ी की अटैची धमीजा की अटैची से बदल गयी है, यह जानना आप जैसे चतुर जासूस के लिए असम्भव तो नहीं है। धमीजा का नाम उनके सूटकेस पर लिखा था और एयर इण्डिया की वह अटैची मैंने स्वयं उन्हें इस्तेमाल करते हुए देखी है। उसी अटैची में से सेविंग किट निकालकर उन्होंने दाढ़ी बनायी थी।''

"तो फिर आपने कल यह बात क्यों नहीं बतायी थी?"

"किसी के बता देने की अपेक्षा अपना दिमाग लगाकर खोज निकालने में ज्यादा खुशी मिलती है। ठीक कह रहा हूँ न। केस तो आपका है, आप दिमाग लगाएँगे और उसके लिए आपको पारिश्रमिक मिलेगा। मैं जबरदस्ती क्यों आपकी मदद करूँ, कहिए।"

फेलूदा, को देखकर लगा वे नरेश बाबू के तर्क से सहमत थे। उन्होंने कहा, "लेकिन आपकी गुजारिश क्या है यह बात तो आपने नहीं बतायी।"

"वह कुछ खास नहीं है। मैं जानता हूँ आप लाहिड़ी की अटैची को ढूँढ़ लेंगे। साथ ही वह पाण्डुलिपि भी। मेरी गुजारिश है, कि वह पाण्डुलिपि आप उन्हें मत दीजिएगा।"

"यह आप क्या कह रहे हैं?" फेलूदा ने हैरानी से कहा।

मैं भी हैरान था।

"आप उसे उनके बदले मुझे दे दीजिएगा।"

"आप को?" फेलूदा ने थोड़ा उत्तेजित होते हुए कहा।

"कहा तो गुजारिश थोड़ी अटपटी है लेकिन मेरी यह गुजारिश आपको पूरी करनी ही होगी।" वे अपनी कुहनी अपने दोनों घुटनों पर टिकाकर जरा झुककर बोले, "पहला कारण तो यह कि उस संस्मरण का महत्त्व दीननाथ लाहिड़ी नहीं समझेंगे। उनके घर की अलमारी में एक भी अच्छी पुस्तक आपने देखी है? नहीं देखी। दूसरा कारण यह कि मैं इसके लिए आपको कम्पेनसेशन भी...।"

नरेश बाबू ने अपनी बात अधूरी छोड़कर अपने कोट के सामने की जेब से एक नीला लिफाफा निकाला। उसके बाद उसे खोलकर फेलूदा की तरफ बढ़ा दिया। लिफाफा खोलते ही मैंने एक गन्ध महसूस की थी—कोरे नोटों की गन्ध। फिर देखा लिफाफे में सौ के नोटों का एक बण्डल रखा हुआ था।"

"इसमें दो हजार रुपये हैं। यह अग्रिम है उस पाण्डुलिपि के मिल जाने पर आपको दो हजार और दूँगा।"

फेलूदा ने लिफाफे की अनदेखी कर दी। जेब में हाथ डालकर चारमीनार सिगरेट का पैकेट निकालकर एक सिगरेट जलाकर धुआँ छोड़ते हुए इत्मीनान से बोले, ''मैं समझता हूँ दीननाथ बाबू उस रचना की कद्र करेंगे या नहीं, यह सवाल यहाँ अप्रासंगिक है। मेरी जिम्मेदारी है शिमला से अटैची वापस लाकर उन्हें सौंप दूँ, पूरे सामान सहित। बस बात खत्म।''

नरेश बाबू के पास शायद इसका कोई जवाब नहीं था, बोले, ''ठीक है, चलिए इन बातों को छोड़ देता हूँ। अपने निवेदन की बात पर वापस आता हूँ। आप उस लिखे को लाकर मुझे दे दीजिए। दीनू लाहिड़ी से

कहिएगा, वह मिसिंग है। धमीजा का कहना था कि वह लेख अटैची में भी नहीं होगा।''

फेलूदा बोले, ''ऐसा करने से धमीजा की पोजीशन क्या होगी, क्या आपने सोचा है? एक निर्दोष व्यक्ति पर मैं इस तरह आरोप लगाऊँगा, यह आपने कैसे सोच लिया? माफ कीजिएगा मिस्टर पाकड़ासी, आपके अनुरोध को पूरा कर पाना मेरे लिए सम्भव नहीं है।''

फेलूदा ने सोफा से उठकर बड़ी विनम्रता से कहा, ''गुड नाइट मिस्टर पाकड़ासी। मैं उम्मीद करता हूँ आप मुझे गलत नहीं समझेंगे।''

नरेश बाबू थोड़ी देर चुप बैठे रहे, फिर रुपये का लिफाफा जेब में रखकर फेलूदा की तरफ देखकर सूखी हँसी-हँसते हुए वहाँ से चले गये। वे मन ही मन नाराज थे या हताश थे या अपमानित हुए, उनके चेहरे से कुछ पता नहीं चला।

मैंने मन ही मन सोचा, फेलूदा की जगह अगर किसी दूसरे जासूस के सामने इतने सारे कोरे नोटों का प्रलोभन होता तो क्या वह अपने को सँभाल पाता? शायद नहीं।

छह

एयर इण्डिया की दो सौ तिरसठ नम्बर फ्लाइट से हम तीनों दिल्ली जा रहे थे—मैं, फेलूदा और जटायु। साढ़े सात बजे प्लेन दमदम से रवाना हुई थी। दमदम एयरपोर्ट के प्रतीक्षालय में ही फेलूदा ने लालमोहन बाबू को अटैची बदलने की घटना मोटे तौर पर बता दी थी। सुनते समय लालमोहन बाबू काफी रोमांचित हो रहे थे। वे रोमांचित होकर 'थ्रिलिंग' 'हाइली सस्पिशस' आदि कह रहे थे। उन्होंने सरसों का तेल मलकर हमला करनेवाली घटना अपनी कापी में नोट कर ली। प्रतीक्षालय

में इन्तजार करते समय ही मैंने उनसे पूछा, इससे पहले उन्होंने कोई हवाई यात्रा की है या नहीं, जवाब में उन्होंने कहा था कल्पनाशील व्यक्ति कुछ किये बगैर बहुत कुछ कर सकते हैं। मैंने हवाई सफर नहीं किया था। अगर पूछोगे कि घबराहट हो रही है तो कहूँगा 'नॉट ए विट' जरा भी नहीं। क्योंकि मैं अपनी कल्पना में हवाई जहाज में ही नहीं राकेट में चढ़कर चन्द्रमा तक घूम आया हूँ।''

इतना कहने के बाद भी मैंने देखा, प्लेन ने जब तीव्रगति से रनवे पर दौड़कर अचानक सों करके जमीन छोड़कर उड़ान भरी, उस समय लालमोहन बाबू ने अपने सीट के दोनों तरफ के हैण्डलों को ऐसा कसकर पकड़ लिया कि उनकी अँगुलियों की गाँठें फीकी पड़ गयी थीं और उनके होठों के कोने इस तरह खुल गये थे कि उनके नीचे के दाँत दिखने लगे थे और उनका चेहरा पीले ब्लाटिंग पेपर की तरह हो गया था।

बाद में उनसे कहने पर बोले, ''ऐसा तो होगा ही। राकेट जब जमीन छोड़कर शून्य में उड़ता है, एस्ट्रोनॉट के चेहरे भी विकृत हो जाते हैं। असल में ऊपर उठते समय इनसान को मध्याकर्षण के विरुद्ध युद्ध करना पड़ता है और उसका असर मनुष्य के चेहरे पर पड़ता है, इसलिए चेहरा विकृत हो जाता है।''

मैं कहना चाहता था मध्याकर्षण के कारण चेहरा विकृत होने से सबका चेहरा विकृत होता, केवल आपके साथ ही ऐसा क्यों हुआ, लेकिन अब वह काफी स्वच्छन्द और खुश थे, इसे देखकर मैं और कुछ नहीं बोला।

ब्रेकफास्ट में कॉफी, आमलेट, बन्द, बीन्स, ब्रेड, मक्खन, मार्मलेड, सन्तरे और नमक-काली मिर्च की छोटी-छोटी पाउचें थीं। साथ में प्लास्टिक की थैली में छुरी-काँटे-चम्मच भी। लालमोहन बाबू ने कॉफी के चम्मच से ऑमलेट खाया। छुरी को चम्मच की तरह इस्तेमाल करके मार्मलेड खत्म किया और काँटे से सन्तरा छीलने की कोशिश करके असफल होने पर उस काम को हाथ से पूरा किया। ब्रेकफास्ट पूरा करने के बाद फेलूदा से बोले, ''आपको सुपाड़ी खाते देखा। आपके पास कुछ और है? फेलूदा अपने दोनों पैरों के बीच में धमीजा की अटैची रखे हुए थे। उसमें से कोडक

की डिब्बी निकालकर लालमोहन बाबू को दे दिया। अटैची के भीतर नजर पड़ते ही न जाने क्यों मेरा दिल धड़क उठा। यह अटैची वापस करके इसी तरह की दूसरी अटैची लाने के लिए हम लोग कोलकाता से बारह सौ मील दूर सात हजार फीट की ऊँचाई पर स्थित बर्फ के शहर शिमला जा रहे थे।''

प्लेन में बैठने के बाद से ही फेलूदा अपनी विख्यात हरी डायरी (सातवाँ खण्ड) निकालकर उसमें तरह-तरह के नोट्स लिखते जा रहे थे। और उसी के बीच में अपने पेन के पीछे के हिस्से को दाँत में दबाकर बगल की खिड़की से नीचे रुई की तरह सफेद बादलों की तरफ देखकर कुछ सोच रहे थे। खैर, मैंने इस मामले पर सोचना बन्द कर दिया था। क्योंकि इसका रहस्य मैं अभी तक समझ ही नहीं पाया था।

दिल्ली पहुँचकर प्लेन से उतरने के बाद पाया वहाँ बहुत ठण्ड थी, इसका मतलब शिमला में फिर बर्फ गिरी होगी। उत्तर दिशा से उसी बर्फीली हवा के कारण दिल्ली की ठण्ड बढ़ गयी थी। धमीजा का बैग फेलूदा ने अपने पास ही रखा हुआ था। एक क्षण के लिए भी उसे अपने से अलग नहीं किया था। लालमोहन बाबू बोले, ''वे आगरा होटल में ठहरेंगे। वहाँ नहा-धोकर बारह बजे तक हमारे होटल में चले आएँगे। फिर एक साथ लंच करके घूमेंगे। ट्रेन तो रात आठ बजे छूटेगी।''

जनपथ होटल बहुत बड़ा है। छह मंजिले होटल के पाँचवें मंजिल के पाँच सौ बत्तीस नम्बर के डबल बेड रूम में सामान सँभालकर रखने के बाद फेलूदा अपने पलंग पर लेट गये। मेरे दिमाग में एक सवाल उठ रहा था। मौका पाकर फेलूदा से कह दिया—

''इस अटैची बदलने के मामले में आपको सर्वाधिक रहस्यमय क्या लग रहा है?''

फेलूदा बोले, ''वे अखबार।''

मैंने कहा, ''कुछ स्पष्ट करेंगे?''

''मिस्टर धमीजा ने दिल्ली के दो-दो अखबार इतना सँभालकर बक्से में क्यों रखा था, फिलहाल यही मेरे लिए सबसे बड़ा रहस्य है। ट्रेन में जो

अखबार खरीदे जाते हैं, उनमें से निन्यानबे प्रतिशत ट्रेन में पढ़कर ट्रेन में ही छोड़ दिये जाते हैं, लेकिन...''

फेलूदा की यही खूबी थी। वे अचानक ऐसे बिन्दु पर सोचना शुरू करते थे जिस पर सोचने की बात दूसरों के दिमाग में आती ही नहीं थी।

दिल्ली में हमलोग जितने समय रहे, उस बीच नोट करने योग्य दो घटनाएँ घटी थीं। पहली घटना कुछ खास नहीं थी लेकिन दूसरी भयानक थी।

साढ़े बारह बजे लालमोहन बाबू के आने के बाद हमलोगों ने मन बनाया कि लंच करने के बाद हमलोग जन्तर-मन्तर देखने जाएँगे। ढाई सौ वर्ष पूर्व राजा मानसिंह का बनवाया हुआ यह आश्चर्यजनक वेधशाला जनपथ होटल से केवल दस मिनट का पैदल रास्ता था। फेलूदा बोले, वे होटल में अपने कमरे में ही रहकर उस अटैची की रखवाली करेंगे और इस केस पर कुछ और सोचेंगे। लिहाजा मैं और लालमोहन बाबू महाराजा मानसिंह के कृतित्व को देखने निकल पड़े और वहीं पर पहली घटना घटी।

दस मिनट घूमने-फिरने के बाद लालमोहन बाबू मेरी कोट का आस्तीन पकड़कर बोले, "एक सस्पीसियस कैरेक्टर शायद हमारा पीछा कर रहा है।"

उन्होंने आँख के इशारे से जिन्हें दिखाया वे एक बूढ़े व्यक्ति थे। उनके सिर पर नेपाली टोपी, आँखों पर काला चश्मा था और कानों में रुई लगी थी। मुझे भी लगा कि वह मौका पाते ही वहाँ से हमारी गतिविधियों पर नजर रखे हुए थे।

"उस आदमी को मैं पहचानता हूँ।" लालमोहन बाबू फुसफुसाकर बोले।

"पहचानते हैं? क्या मतलब?"

"प्लेन में मेरे साथ ही बैठे थे। सेफ्टी बेल्ट बाँधने में मेरी मदद भी की थी।"

"आपसे कोई बातचीत हुई थी?"

"नहीं, मैंने थैंक्स कहा, वह कुछ नहीं बोले। वेरी सस्पीसियस।"

हमलोग उनके बारे में बातें कर रहे थे, शायद वह समझ चुके थे, क्योंकि कुछ देर बाद वे दोबारा नहीं दिखे।

होटल लौटते-लौटते साढ़े तीन बज गये थे। रिसेप्शन में पहुँचकर पाँच सौ बत्तीस नम्बर रूम की चाबी माँगने पर उसने कहा, चाबी उसके पास नहीं है। मैं थोड़ा घबरा गया था। लेकिन उसके बाद ध्यान आया चाबी तो रिसेप्शन में दी ही नहीं थी। वह मेरी जेब में ही रह गयी थी। फिर याद आया, फेलूदा जब कमरे में ही हैं तो चाबी की जरूरत ही क्या है? होटल में रहने का अभ्यस्त नहीं हूँ इसलिए थोड़ा गड़बड़ा गया था।

पाँचवीं मंजिल पर लम्बे खुले बरामदे से चालीस पचास हाथ चलने

के बाद दाहिनी तरफ हमलोगों का कमरा था। दरवाजा खटखटाकर देखा, कोई जवाब नहीं मिला।

मैंने फिर हलके से खटखटाया पर इस पर भी कोई जवाब नहीं आया।

जटायु बोले, "लगता है तुम्हारे भैया सो गये हैं।"

दरवाजे का हत्था घुमाकर देखा तो दरवाजा खुला हुआ था, लेकिन फेलूदा ने अन्दर से सिटकिनी लगा दी थी।

मगर दरवाजा खुला होने से क्या होगा, दरवाजे के पीछे शायद कुछ था जिसके कारण दरवाजा पूरी तरह खुल नहीं रहा था।

अब किसी तरह आधे खुले दरवाजे से अन्दर झाँककर मैंने जो देखा तो मेरे होश ही उड़ गये।

दरवाजे के ठीक पीछे फेलूदा जमीन पर उलटा पड़े हुए थे। उनके दाहिने हाथ की कोहनी सामने की तरफ थी जिसके कारण दरवाजा खुल नहीं रहा था।

डर से मेरे होश गुम हो गये, लेकिन लालमोहन बाबू के साथ मिलकर बड़ी सतर्कता से दरवाजे को और जरा ढकेलकर किसी तरह अन्दर घुसा।

फेलूदा बेहोश थे। शायद हमारे हिलाने-डुलाने के कारण उनमें थोड़ी हरकत हुई थी। और उनके मुँह से कराहने की आवाज निकल रही थी। लालमोहन बाबू जरूरत के समय बहुत काम के व्यक्ति साबित हुए। फेलूदा के माथे और चेहरे पर पानी छिड़ककर वे उन्हें होश में लाये।

फेलूदा ने एक बार और कराहते हुए अपने सिर पर हलके से हाथ छुआकर चेहरे को सिकोड़कर बोले, "निश्चित ही वह यहाँ नहीं होगा।"

इसी बीच मैं साथ वाले कमरे में जाकर देख आया था। लौटकर कहा "फेलूदा, वह अटैची गायब है।"

"स्वाभाविक है।"

फेलूदा उठने की कोशिश कर रहे थे। हम दोनों ने हाथ बढ़ाया मगर वे बोले, "ठीक है, आई कैन मैनेज। चोट सिर्फ सिर के ऊपरी हिस्से में लगी है।"

एक-दो मिनट आराम करने के बाद हाथ-पैर इधर-उधर झटककर

टेलीफोन से चाय ऑर्डर करने के बाद फेलूदा ने हमें पूरी घटना बतायी।

''तुम लोगों के जाने के बाद मैं आधे घण्टे तक अपनी डायरी लेकर अपना काम करता रहा। रात में तो दो-एक घण्टे से ज्यादा सो नहीं पाया था, इसलिए मैं आँख बन्द करके थोड़ी झपकी लेने की सोच रहा था तभी फोन की घण्टी बजी।''

''टेलीफोन?''

''पहले पूरी घटना सुन तो लो, फोन उठाने पर रिसेप्शनिस्ट ने कहा, 'मिस्टर मित्र, एक सज्जन नीचे खड़े हैं, वह आप को एक नामी जासूस के रूप में जानते हैं। वह आपका आटोग्राफ लेना चाहते हैं, क्या उन्हें आपके कमरे में भेज दूँ?' ''

फेलूदा कुछ रुककर मेरी तरफ देखते हुए बोले, ''एक बात तुझे बता देता हूँ तोपसे—ऑटोग्राफ लेने की तुलना में आटोग्राफ देने का प्रलोभन कुछ कम नहीं है। हाँ, अब आगे के लिए सतर्क हो जाऊँगा, लेकिन आज अगर यह शिक्षा न मिलती तो सतर्क होता या नहीं, कहना मुश्किल है।''

''इसका मतलब?''

''मतलब कुछ भी नहीं। मैंने रिसेप्शनिष्ट से कहा, 'मेरे कमरे में भेज दो।'' उस व्यक्ति ने आकर दरवाजा खटखटाया। मैंने जैसे ही दरवाजा खोला, उसने मेरे सिर पर जोर से मारा, मेरी आँखों के सामने अँधेरा हो गया। उसने अपने चेहरे पर रूमाल बाँध रखा था इसलिए उसे पहचान भी नहीं पाया।''

मेरा मन हो रहा था अपने बाल नोच लूँ। क्या जरूरत पड़ी थी जन्तर-मन्तर देखने की। लालमोहन बाबू बोले, ''जब दिल्ली में हैं तो प्राइम मिनिस्टर को फोन करना उचित नहीं होगा?''

फेलूदा फीकी मुसकान से बोले, ''वह अटैची लेकर उसे क्या मिलेगा, मैं नहीं जानता, लेकिन हमारे लिए वह बड़ी मुसीबत खड़ी कर गया। बाप रे बाप! कितना बड़ा शैतान है।''

इसके बाद पाँच मिनट तक हम तीनों की साँसों के अलावा और कुछ सुनाई नहीं पड़ा। फिर फेलूदा बोले, ''इसका एक रास्ता है, मगर रास्ता

आसान नहीं लेकिन वहीं एकमात्र रास्ता है। और यह रास्ता, अपनाना ही होगा, क्योंकि खाली हाथ हम शिमला नहीं जा सकते।''

अब फेलूदा ने टेबिल के ऊपर से अपनी हरे रंग की नोटबुक उठा ली और धमीजा की अटैची के सामान के लिस्ट पर नजर दौड़ाकर बोले, ''इसमें एक भी ऐसा सामान नहीं है जो दिल्ली में नहीं मिलता हो, लिस्ट मिलाकर एक-एक सामान हमें खरीदना होगा। चीजें किस हालत में थीं, वह मुझे साफ-साफ याद है। शायद धमीजा से भी अच्छी तरह याद है। इसे लेकर चिन्ता की कोई बात नहीं है। यहाँ तक कि टूथपेस्ट और शेविंग क्रीम जितना खर्च हुआ था। उसे निकालकर फेंक देंगे और ट्यूब को मोड़ देंगे। सफेद रुमाल खरीदकर उसमें जी लिखवा लेना भी सम्भव है। उसकी कढ़ाई मुझे याद है। हाँ, उस तारीख का अखबार मिलना मुश्किल है। लेकिन धमीजा इसपर इतना गौर करेंगे, मैं नहीं समझता। एक मात्र कीमती चीज है कोडक की रील—''

''अरे हाँ'' जटायु चिल्ला उठे, ''अरे वह जो आपने मुझे प्लेन में दी थी, जिसे मैं लौटाना भूल गया था।'' कहते हुए उन्होंने अपनी जेब से कोडक फिल्म की सुपारी वाली डिब्बी निकालकर फेलूदा को दिखायी।

''चलिए, एक झमेला कम हुआ, लेकिन आपके जेब से वह क्या चीज निकली है?''

कोडक की डिब्बी के साथ लालमोहन बाबू के कोट की जेब से एक कागज का टुकड़ा भी निकल आया था। उस कागज पर लाल पेन्सिल से लिखा था—

''अगर जान प्यारी है तो शिमला मत जाना।''

सात

इस समय रात के साढ़े नौ बज रहे थे। हमारी ट्रेन अँधेरे रास्ते से शिमला की तरफ जा रही थी। कालका से भोर में हमें शिमला के लिए गाड़ी पकड़नी थी। रात में हम दिल्ली से भोजन करके चले थे इसलिए गाड़ी में हमने डिनर नहीं लिया था। हमारे डिब्बे में हम तीन व्यक्ति ही थे इसलिए ऊपर का बर्थ खाली था। बाकी दोनों के बारे में मैं नहीं कह सकता लेकिन खुशी, भय, कुतूहल रोमांच सब मिलाकर मेरी ऐसी हालत थी कि अगर मुझसे कोई

पूछे—कैसा लग रहा है, तो मैं कह नहीं पाऊँगा।

हम तीनों चुपचाप अपनी-अपनी चिन्ता में खोये हुए थे। ऐसे में अचानक लालमोहन बाबू बोले, "अच्छा मिस्टर मित्र, एक बेहतर जासूस और एक नामी क्रिमिनल—दोनों में शायद अधिक फर्क नहीं होता।"

फेलूदा इतने अनमने थे कि उन्होंने कोई जवाब नहीं दिया, लेकिन मैं भलीभाँति समझ गया था कि लालमोहन बाबू ने यह बात क्यों कही है। इसके साथ शाम की एक घटना का खास सम्बन्ध है। यहाँ जिसका जिक्र करना आवश्यक है, कारण इससे फेलूदा की एक क्षमता का आश्चर्यजनक रूप प्रकट हुआ था।

धमीजा को धोखे में रखने के लिए लिस्ट मिलाकर सामान खरीदने में आधे घण्टे से भी कम वक्त लगा था, केवल एक बात पर मामला अटक गया था—अटैची के अन्दर की चीजें तो जुगाड़ हो गयी थीं लेकिन वैसी अटैची नहीं मिल रही थी।

नीले रंग की एयर इण्डिया की अटैची कहाँ से मिले? दिल्ली में हमारा परिचित एक भी व्यक्ति नहीं था जिसके पास उस तरह की अटैची मिल सकती थी। बाजार में वैसी अटैचियाँ तो मिल जाती हैं, लेकिन उस पर एयर इण्डिया की लेबल नहीं रहती है। और लेबिल न रहने से धमीजा हमारी चालाकी पकड़ लेंगे। मैंने देखा, फेलूदा सीधे एयर इण्डिया के दफ्तर में ही चले गये। वहाँ पहुँचते ही हमारी नजर काउण्टर के सामने कुर्सी पर बैठे एक बुजुर्ग व्यक्ति पर पड़ी, वे काफी गोरे थे और पारसी टोपी पहने हुए थे, उन सज्जन की बायीं तरफ एक नीले रंग की एयर इण्डिया की अटैची उनकी कुर्सी से सटे फर्श पर रखी थी, ठीक उसी तरह की जिस तरह की हमें चाहिए थी। हालाँकि इस बीच हमलोगों ने नीले रंग की एक अटैची बाजार से खरीद ली थी।

फेलूदा उस अटैची को लेकर काउण्टर के सामने पहुँचे और उन सज्जन की अटैची के पास अपनी अटैची रख दी और काउण्टर के पीछे खड़े व्यक्ति से चुस्त अँग्रेजी में पूछा, "दिल्ली से आपकी कोई फ्लाइट फ्रैन्कफर्ट जाती है?" उस व्यक्ति ने तुरन्त फेलूदा को इसका जवाब दिया और फेलूदा

ने भी तुरन्त थैंक्यू कहकर जाते समय बड़ी चतुराई से उस बुजुर्ग की अटैची उठा ली और पैर से अपना बैग उनके बैग की जगह सरका दिया। यह देखकर मुझे लगा कि फेलूदा जासूसी की तरह हाथ की सफाई में भी निपुण हैं। यह भी बता देना जरूरी है कि अटैची हाथ आते ही घण्टे भर के अन्दर फेलूदा के कारनामे से उस अटैची और उसके अन्दर की चीजों की ऐसी दशा हुई कि उसे देखकर धमीजा क्या उनके बाप-दादों को भी शक नहीं हो सकता था कि उसमें कुछ घपला हुआ है।

फेलूदा भी तक अपना नोट बुक खोलकर बैठे हुए थें, अब उसे बन्द करके उन्होंने रेल के छोटे से डिब्बे में चहलकदमी शुरू कर दी था। फिर जैसे अपने आप से बोले, ''ठीक ऐसे ही एक कम्पार्टमेण्ट में वे चार लोग थे।''

कब किस चीज पर फेलूदा की नजर केन्द्रित हो जाय, कहना मुश्किल है। और अधिकांश समय ऐसा क्यों हुआ, इसे समझना और मुश्किल होता है, जैसे पानी के गिलास को ही लीजिए। रेल के डिब्बे की खिड़की और दरवाजे के दोनों तरफ जाली लगी थी उसमें चार पानी के गिलास रखे हुए थे। फेलूदा की नजर उन्हीं में से एक गिलास पर टिक गयी थी।

''रेल में सफर करते समय आपको नींद आती है या नहीं है?'' फेलूदा ने अचानक ही जटायु से पूछा। जटायु हिप्पो की तरह विशाल जँभाई ले रहे थे। कुछ क्षण बाद बोले, ''बैठे-बैठे झूलना बुरा नहीं लगता।''

फेलूदा बोले, ''जानता हूँ लेकिन यह झूला सबको सुलाने का काम नहीं करता है। मेरे एक मौसाजी ट्रेन में पूरी रात जागकर बैठे रहते थे। लेकिन घर में खा-पीकर तकिये पर सिर रखते ही गहरी नींद में सो जाते थे।''

अचानक देखा, फेलूदा एक छलांग में अपर बर्थ पर चढ़ गये। चढ़कर पहले रीडिंग लाइट जलाया। उसके बाद कुछ समय तक एलेरी कुईन की पुस्तक (जिसे धमीजा की अटैची में रखने के लिए दिल्ली स्टेशन में खरीदना पड़ा था।) के पन्ने उलट-पुलटकर देखने लगे, फिर कुछ समय के लिए शवासन की मुद्रा में लेटकर छत की लाइट देखते रहे। ट्रेन अँधेरे से गुजर रही थी। बाहर कभी-कभार एक-दो बत्तियों के अतिरिक्त कुछ नजर नहीं

आ रहा था। मैं लालमोहन बाबू से पूछने ही वाला था, आप जो हथियार साथ लाये हैं, उसे हमलोगों को कब दिखाएँगे? इसी बीच वह बोले, ''एक भूल हो गयी है। डाइनिंग कार के अटेण्डेण्ट से पूछना होगा कि उनके पास सुपारी है या नहीं। वहाँ नहीं मिलने पर किसी स्टेशन में उतरकर खरीदना पड़ेगा। धमीजा के डिब्बी में मात्र एक ही रह गयी है।''

लालमोहन बाबू ने कोडक की डिब्बे को खोलकर हाथ पर उड़ेली लेकिन उसमें से कोई सुपारी नहीं निकली।

''यह तो अच्छा झमेला है! अन्दर तो साफ नजर आ रही है पर निकल नहीं रही है।''

अब लालमोहन बाबू ने उस डिब्बे को अपने हथेली के ऊपर झटकना शुरू कर दिया। हर बार हाथ झटकने के बाद उनके मुँह से साला शब्द निकल रहा था। फिर भी सुपारी नहीं निकली।

''जरा मुझे दीजिए।''

यह कहकर फेलूदा ने एक छलाँग में ऊपर से नीचे उतरकर एक झटके में लालमोहन बाबू के हाथ से पीले रंग के उस डिब्बे को जोर से झटका। जटायु अचानक हुए इस हमले से भौंचक रह गये।

फेलूदा ने खुद एक बार और डिब्बे को झटककर देखा, कोई लाभ नहीं हुआ। तब फेलूदा ने अपने बायें हाथ की छोटी अँगुली डिब्बे के भीतर डालकर उससे हल्का-सा जोर लगाया कि खट की आवाज करके सुपारी बाहर निकल आयी।

अब फेलूदा डिब्बे को नाक के पास ले जाकर बोले, ''डिब्बे में गोंद लगा था। सम्भवतः एरलडाइट।''

बाहर कॉरिडोर में किसी के चलने की आहट हुई।

फेलूदा बोले, ''तोपसे, दरवाजा बन्द कर दे।''

दरवाजा एक तरफ ढकेलकर बन्द करते समय मैंने देखा, जन्तर-मन्तर के वे काले चश्मेवाले बुजुर्ग हमारे दरवाजे के सामने से होकर बाथरूम की तरफ बढ़ गये।

स्-स्-स्-स्!

फेलूदा के मुँह से तेज सीटी की तरह आवाज निकली। वह उस सुपारी को हथेली पर रखकर उसे एकटक देख रहे थे।

मैं फेलूदा के पास चला गया।

स्पष्ट दिख रहा था वह वस्तु असल में सुपारी नहीं थी। किसी दूसरी चीज पर रंग चढ़ाकर उसे सुपारी की तरह दिखाने की कोशिश की गयी थी।

"समझ जाना चाहिए था तोपसे, बहुत पहले समझना चाहिए था। आई हैव बीन ए फूल!"

अब फेलूदा पास रखे पानी के गिलास को लेकर उससे सुपारी डुबोकर उसे रगड़कर धोने लगे। देखते ही देखते पानी का रंग कत्थई हो गया। अच्छी तरह धो लेने के बाद उस चीज को पानी से निकालकर अच्छी तरह पोंछकर दोबारा अपनी हथेली पर रखा।

अब समझने में परेशानी नहीं हुई। जिसे हम सुपाड़ी समझ रहे थे, वह असल में बहुत करीने से तराशा गया एक जगमगाता पत्थर था। चलती ट्रेन के झटके से वह फेलूदा के दाहिनी हथेली पर लुढ़क रहा था और ट्रेन की हल्की रोशनी में वह जिस तरह चमक रहा था, उसे देखकर यह समझने में दिक्कत नहीं हुई कि वह एक हीरा था।

और अगर यह हीरा है तो मुझे कहना होगा इतना बड़ा हीरा मैंने जिन्दगी में दूसरा नहीं देखा। लालमोहन बाबू और फेलूदा ने भी देखा होगा, मुझे सन्देह था।

"क्या है डॉ. ...डाई...डाई...डाई..."

लालमोहन बाबू का दिमाग चकरा गया था, यह उनके बोलने के तरीके से ही पता चल रहा था। फेलूदा झट से उठकर दरवाजे में छिटकनी लगाकर वापस अपनी जगह बैठकर दबी जबान से बोले, "ऐसे ही जान से मारने की धमकी मिल रही है, ऊपर से आप डाई-डाई कर रहे हैं।"

"नहीं, मतलब।"

"जिस उस्तैदी से उस अटैची के पीछे बदमाश पड़े हैं, उससे इसमें कोई आश्चर्य की बात नहीं, लेकिन मैं कोई जौहरी तो हूँ नहीं।"

"तो फिर इसकी वै-वै...।"

"मुझे हीरे की कीमत का कोई अन्दाज नहीं है। इसके कैरेट का थोड़ा-बहुत अन्दाज है। कोहीनूर हीरे की फोटो एक्चुअल साइज में देखी है। मेरा अनुमान है, यह पचास कैरेट का है। कीमत कई लाख की होनी चाहिए।"

फेलूदा अभी भी उस पत्थर को उलट-पुलटकर देख रहे थे। मैंने दबी जबान से पूछा, "धमीजा के पास यह चीज कैसे पहुँची?"

फेलूदा बोले, "वह आदमी सेब की खेती करता है और ट्रेन में बैठकर जासूसी उपन्यास पढ़ता है—इसके अतिरिक्त कुछ पता ही नहीं चला है तो इस सवाल का जवाब कैसे दे सकता हूँ, बता।"

अब जाकर लालमोहन बाबू ठीक तरह से बोलने के काबिल हुए। उन्होंने पूछा, "तो क्या यह पत्थर धमीजा को लौटा दिया जाएगा?"

"अगर लगे कि यह उन्हीं का है तो अवश्य लौटा दिया जाएगा।"

"मतलब आपके हिसाब से यह पत्थर उनका नहीं भी हो सकता है?"

"इससे पहले एक सवाल यह भी उठता है—बंगाल से अलावा भी क्या इसी तरह कतरकर सुपारी खाने या काटने का रिवाज है।"

"तो फिर?"

"तोपसे, और कोई किन्तु-परन्तु नहीं, अब केस एक नया मोड़ ले रहा है। अब केवल चारों तरफ आँखें खोलकर बड़ी सतर्कता से सोच-समझकर कदम रखने की जरूरत है। अब फालतू बातें करने का वक्त नहीं है।"

फेलूदा ने अपने सामने की जेब से पर्स निकालकर एक चेन खोलकर उसमें उस पत्थर को रख दिया। फिर पर्स अपनी जेब में रखकर ऊपर की बर्थ पर चले गये। मैं जानता था इस समय उन्हें परेशान करना उचित नहीं होगा। लालमोहन बाबू कुछ कहने जा रहे थे, मैंने अँगुली के इशारे से उन्हें रोक दिया। उन्होंने तब मुझसे ही कहा, "जानते हो भाई, सोच रहा हूँ अब रहस्य कहानी लिखना छोड़ दूँगा।"

मैंने पूछा, "क्यों? क्या हुआ?"

"पिछले दो दिनों में जिस तरह की घटनाएँ घटीं, वह क्या बनाकर लिखना सम्भव है? कहते हैं न—ट्रुथ इज स्ट्रांगर दैन फिक्शन।"

"स्ट्रांगर नहीं, स्ट्रेंजर।"

"स्ट्रेंजर?"

"हाँ, मतलब और ज्यादा विस्मयकर।"

"लेकिन स्ट्रेंजर का मतलब तो आगन्तुक है। ओः होः, नहीं-नहीं, स्ट्रेंज, स्ट्रेंजर, स्ट्रेंजेस्ट..."

मैं एक बात उनसे कहे बिना रह नहीं पाया। मैं जानता था कि इस बात से वह बहुत प्रसन्न होंगे।

"आप के कारण ही हमें यह हीरा मिल गया है। आपने सुपारी खा-खाकर खत्म कर दी थी तभी तो यह नकली सुपारी मिली।"

लालमोहन बाबू परम तृप्ति से हँसने लगे।

"तो तुम कहते हो मेरा भी कुछ कण्ट्रीब्यूशन है। मान रहे हो। हे-हे-हे-हे।"

फिर कुछ सोचकर बोले, "मुझे क्या लगता है जानते हो, मुझे लगता है तुम्हारे भैया हीरे की बात शुरू से ही समझ गये थे इसीलिए इन्होंने यह केस लिया था, नहीं तो जरा सोचकर देखो दो-दो अटैची चोरी हो गयीं लेकिन हीरा हमारे पास ही रह गया। अगर पहले से नहीं जानते तो क्या ऐसा होना सम्भव था?"

सच ही तो है। लालमोहन बाबू ने ठीक ही कहा था, सुपारी का वह डिब्बी अभी तक चोरों के हाथ नहीं लगा था। दिल्ली में होटल के कमरे में घुसकर अटैची चुराने का प्रयास भी बेकार चला गया। हीरा अभी तक हमलोगों के पास यानी फेलूदा की जेब में मौजूद है।"

"इसका मतलब बदमाशों के चंगुल से अभी भी छुटकारा नहीं है।"

"शायद शिमला पहुँचने के बाद भी नहीं मिलेगा।"

यही सब बातें सोचते-सोचते कब सो गया, पता नहीं चला। जब आँख खुली शायद आधी रात थी। ट्रेन कालका की तरफ भाग रही थी। बाहर अब भी अँधेरा था, हमारे कम्पार्टमेण्ट के भीतर भी अँधेरा था। इसका मतलब फेलूदा भी सो रहे थे। उल्टी तरफ नीचे की सीट पर जटायु सो रहे थे। रीडिंग लाइट जलाकर घड़ी देखने जा रहा था। तभी मेरी नजर दरवाजे की तरफ गयी। दरवाजे के घिसे हुए शीशे पर अन्दर से पर्दा टँगा था। पर्दे के बायीं तरफ खुली जगह से शीशे का कुछ हिस्सा दिख रहा था। उस शीशे पर किसी व्यक्ति की परछाईं देखी।

वह व्यक्ति दरवाजे के बाहर खड़ा होकर जैसे कुछ कर रहा था।

कुछ देर देखते ही समझ गया, वह हैण्डिल घुमाकर दरवाजे को खोलने की कोशिश कर रहा था। मैं जानता था दरवाजा अन्दर से बन्द है, नहीं खुलेगा फिर भी मेरी साँस रुक गयी थी।

यह सिलसिला कितनी देर तक चलता, मैं कह नहीं सकता, लेकिन बगल की सीट से लालमोहन बाबू के अचानक ही नींद में 'बूमरैंग' कहकर चीख पड़ने के कारण उस आदमी की परछाईं गायब हो गयी थी।

इतनी ठण्ड में भी मैं पसीने से तर हो गया था।

आठ

मैंने दार्जिलिंग से कंचनजंघा देखा था, इस बार हवाई जहाज से दिल्ली आते समय दिन साफ रहने के कारण बर्फ से ढकी अन्नपूर्णा की चोटी को देखा। फिल्मों में पहाड़ी जगहों के दृश्यों में बर्फ के काफी दृश्य देखे हैं, लेकिन शिमला पहुँचकर आँखों के सामने बर्फ गिरते देखकर जिस तरह रोमांचित हो रहा था, वैसा पहले कभी नहीं हुआ था। सड़कों पर अगर स्थानीय लोगों को आते-जाते नहीं देखा होता, मुझे लगता मैं भारतवर्ष से बाहर हूँ। हालाँकि इस शहर में वैसे ही विदेशी

प्रभाव है। फेलूदा ने बताया दार्जिलिंग की तरह शिमला भी अँग्रेजों का बनाया हुआ शहर है। 1899 ई. में लेफ्टिनेण्ट रॉस नामक किसी व्यक्ति ने अपने लिए शिमला में एक लकड़ी का मकान बनवाया था, तभी से शिमला में अँग्रेजों का बसना शुरू हुआ। अच्छा ही हुआ, अँग्रेज गर्मी बर्दाश्त नहीं कर पाते थे और गर्मियों में ठण्ड का आनन्द लेने के लिए पहाड़ों पर रहने के लिए शहर बसाते रहते थे।

कालका से मीटर गेज ट्रेन से यहाँ पहुँचने के बाद कुछ खास नहीं घटा था। कान में रूई वाला वह बूढ़ा भी हमारी ही ट्रेन से शिमला आया और क्लार्क होटल में ही ठहरा था, जहाँ हम रुके थे। लेकिन वह अब हमलोगों पर अधिक नजर नहीं रख रहा था। और अब मुझे लग रहा था उस पर शक करना गलत था। सच कहूँ तो वह व्यक्ति मुझे निरीह सीधा-सादा आदमी लग रहा था। लालमोहन बाबू भी हमारे साथ क्लार्क होटल में ठहरे थे। शायद सर्दियों के मौसम में शिमला में ज्यादा सैलानी नहीं आते। इसीलिए पहले से बिना बुक किये भी कमरा मिल गया था।

फेलूदा होटल में पहुँचते ही सामान रखकर पोस्ट ऑफिस तलाशने निकल पड़े थे। हम भी उनके साथ जाना चाहते थे, लेकिन उन्होंने कहा, 'अटैची पर नजर रखनी होगी इसलिए हम दोनों ही होटल में रुक गये थे। फेलूदा शिमला पहुँचकर भी शिमला या यहाँ के बर्फ पर की चर्चा नहीं कर रहे थे और लालमोहन बाबू ठीक इसके विपरीत आचरण कर रहे थे। जो कुछ देखते, कहते—फैनस्टाटिक! मैंने जब उन्हें बताया—सही शब्द फैण्टास्टिक है तो जवाब में उन्होंने कहा कि वह अँग्रेजी इतनी जल्दी पढ़ते हैं कि अलग से प्रत्येक शब्दों को देखने का समय नहीं रहता है। इसके अतिरिक्त यहाँ पोलर बीयर है या नहीं, अभी भी आसमान में अरोरा बोरियालिस दिखता है या नहीं, इस बर्फ से एस्कीमों का मकान इलगू बनाया जा सकता है (मैंने बताया कि सही शब्द इगलू है) या नहीं, आदि बेतुके सवाल लगातार पूछते ही जा रहे थे।

क्लार्क होटल पहाड़ की ढलान पर बना है। होटल की पहली मंजिल पर सामने एक बरामदा था और बरामदे से निकलते ही सड़क

थी। पहली मंजिल पर ही मैनेजर का कमरा, लाउंज या बैठने की जगह, हमलोगों का डबल रूम और लालमोहन बाबू का सिंगल रूम था। लकड़ी की सीढ़ियों से नीचे उतरकर ठहरने के दूसरे कमरे थे और डाइनिंग हाल भी था।

फेलूदा के लौटने में देर हो गयी थी, इसलिए हमें लंच करते-करते दो बज गये थे। डाइनिंग रूम के एक कोने में बैण्ड बज रहा था। लालमोहन बाबू ने उसे कनसर्ट कहा। हम तीनों के अतिरिक्त उस कमरे में थे—कान में रूई वाला वही बूढ़ा जिसकी ओर फेलूदा का अब ध्यान नहीं था और एक दूसरी मेज पर तीन विदेशी बैठे थे, दो पुरुष और एक महिला। जब हम भोजन के लिए भीतर आ रहे थे, उस समय काला चश्मा पहने नुकीली दाढ़ी वाला सिर पर 'बेरे' कैप पहने हुए एक आदमी कमरे से बाहर चला गया था। जहाँ तक मुझे याद है, कमरे में हम आठ आदमियों के अतिरिक्त और कोई नहीं था।

सूप पीते-पीते फेलूदा से मैंने पूछा, "धमीजा के यहाँ तो आज ही चलना है न?"

"चार बजे का एपायण्टमेण्ट है। तीन बजे निकलने से समय से पहुँच जाएँगे।"

"उनका मकान आप जानते हैं।"

"वाइल्ड फ्लावर हाल! कुफरी जाने वाले रास्ते में पड़ता है। यहाँ से आठ मील दूर है।"

"तो फिर एक घण्टा क्यों लगेगा?"

"सड़क का काफी हिस्सा बर्फ से ढका हुआ है। पाँच मील से ज्यादा स्पीड पकड़ने से गाड़ी फिसल सकती है।" फिर लालमोहन बाबू की तरफ देखकर बोले, "जो कुछ गरम कपड़े लाये हैं, पहन लीजिएगा। हम जहाँ जा रहे हैं, वह शिमला से हजार फीट की ऊँचाई पर है। वहाँ पर यहाँ से बहुत ज्यादा बर्फ है।"

लालमोहन बाबू चम्मच से सूप सुड़कते हुए बोले, "हमारे साथ शेरपा भी जा रहा है?"

उनकी बातें सुनकर मुझे बड़ी हँसी आयी लेकिन फेलूदा गम्भीर स्वर में बोले, "नहीं, वहाँ जाने की सड़क है। गाड़ी जा रही है।"

सूप खत्म करके जब हम खाने का इन्तजार कर रहे थे, फेलूदा एकाएक लालमोहन बाबू से बोले, "आप जिस हथियार की बात कर रहे थे, उसका क्या हुआ?"

लालमोहन बाबू ब्रेड स्टिक का एक टुकड़ा थमाते हुए बोले, "मेरे पास ही है, अभी तक दिखाने का मौका ही नहीं मिला।"

"क्या चीज है?"

"बूमरैंग।"

अरे शाबाश, इसीलिए कल रात वे नींद में बूमरैंग कहकर चीख पड़े थे।

"यह चीज आपको कहाँ मिल गयी?" फेलूदा बोले।

"एक आस्ट्रेलियन साहब ने अखबार में विज्ञापन दिया था। और कई तरह की चीजों के साथ यह भी था। मैं अपने को रोक नहीं पाया। सुना है निशाना ठीक लगने से वह शिकार को घायल करके शिकारी के पास वापस लौट आता है।"

"आपने कुछ गलत सुना है। शिकार के घायल होने पर वह शिकार के पास ही पड़ा रहता है। निशाना चूकने पर वह वापस आ जाता है।"

"चाहे कुछ भी कहिए—इससे निशाना लगाना बहुत मुश्किल है। मैंने अपने गरपार वाले घर की छत से निशाना साधा था। बूमरैंग दीनेन्द्र स्ट्रीट के एक मकान की दूसरी मंजिल के बरामदे में लटके हुए एक फूल के गमले में लगा और गमला टूट गया। गनीमत थी अपने परिचित का मकान था, इसलिए बूमरैंग वापस मिल गया।"

"आज उसे साथ ले लीजिएगा।"

लालमोहन बाबू की आँखें चमक उठीं, "डेंजर एक्सपेक्ट कर रहे हैं क्या?"

"उस आदमी को अभी तक हीरा तो हासिल नहीं हुआ है।"

हालाँकि फेलूदा ने यह बात बहुत हल्के ढंग से कही थी लेकिन मैं समझ गया था, किसी खतरे की आशंका उन्हें भी है।

तीन बजने में पाँच मिनट बाकी थे तभी एक नीले रंग की एम्बेसेडर आकर हमारे होटल के सामने रुकी। हम तीनों सामने बरामदे में कुर्सी पर बैठकर इन्तजार कर रहे थे। गाड़ी रुकते ही फेलूदा कुर्सी छोड़कर खड़े हो गये। ड्राइवर यहाँ का स्थानीय आदमी था। कम उम्र का बलिष्ठ चेहरे वाला व्यक्ति। फेलूदा गाड़ी में सामने ड्राइवर के साथ बैठे। उनके पास धमीजा की अटैची (नकली) थी। हम दोनों पीछे की सीट पर बैठ गये। लालमोहन बाबू ने अपना बूमरैंग ओवरकोट के अन्दर रख लिया था। लकड़ी की वह चीज मैंने हिला-डुलाकर देखी थी। देखने में काफी हद तक हाकी स्टिक के निचले हिस्से की तरह थी, लेकिन उससे बहुत पतली और चिकनी।

आसमान में सफेद बादल थे, इसलिए बारिश होने की सम्भावना नहीं थी।

ठीक तीन बजे हमारी गाड़ी वाइल्ड फ्लावर हाल के लिए रवाना हुई।

होटल शहर के बीच में था। हमलोग शिमला आने के बाद से होटल के बाहर नहीं निकले थे। गाड़ी जब शहर से निकलकर सुनसान पहाड़ी रास्ते पर दौड़ने लगी, तब पहली बार बर्फ से शिमला पहाड़ के ठण्ड का अनुभव हुआ। सड़क की एक तरफ खड़े पहाड़ थे, जो कभी बायीं तरफ पड़ते तो कभी दाहिनी तरफ। एक तरफ पत्थर की दीवार, दूसरी तरफ खाई। सड़क अधिक चौड़ी नहीं थी। किसी तरह दो गाड़ियाँ अगल-बगल चल सकती थीं। पहाड़ की दीवारें घनी झाड़ियों से ढँकी थीं।

पहले चार मील की दूरी बड़े आराम से बीस-पच्चीस मील की रफ्तार से तय की गयी। कारण इधर सड़क पर बर्फ नहीं के बराबर थी। जंगल के बीच खुली जगहों से दूर पहाड़ों पर बर्फ नजर आ रही थीं। कभी-कभी सड़क के एक तरफ पहाड़ पर या चोटियों पर बर्फ दिख जाती थी। लेकिन अब धीरे-धीरे बर्फ बढ़ने लगी थी। हमारी गाड़ी की रफ्तार कम हो रही थी। पाँच मील के बाद सड़क पर एक हाथ गहरी बर्फ की पर्त शुरू हो

गयी, जिस पर पहियों के निशान नजर आ रहे थे। उसी निशान के ऊपर से अति सतर्कता से हमारी गाड़ी आगे बढ़ रही थी। जमीन पर फिसलन इतनी ज्यादा थी कि गाड़ी के पहिये घूम जाते थे लेकिन गाड़ी वहीं रुकी रह जाती थी।

हमारे नाक और कान धीरे-धीरे ठण्डे हो रहे थे। लालमोहन बाबू एक बार बोले, उनके कान में जैसे किसी ने ताला जड़ दिया हो। फिर बोले, ''उनकी नाक बन्द हो रही है। हालाँकि मैं अपने शरीर को लेकर बिलकुल परेशान नहीं था। मैं केवल सोच रहा था, किस विचित्र जगह पहुँच गये हैं हमलोग! यह ऐसी जगह थी जहाँ मनुष्य के रहने का कोई मतलब नहीं होता। यहाँ केवल बर्फ के देश के पक्षियों और कीड़े-मकोड़ों को रहना चाहिए। लेकिन दूसरे ही क्षण मुझे लगा, यह सड़क इनसानों ने ही बनायी है। रास्ते में बर्फ के ऊपर गाड़ी के पहियों के निशान हैं। इस रास्ते पर कुछ देर पहले ही एक गाड़ी गयी है। बहुत दिनों से गाड़ियाँ आ-जा रही हैं। बहुत दिनों तक जाएँगी और सच तो यह है कि अगर हमारे आने से बहुत पहले से लोग यहाँ नहीं आये होते तो इतना अद्‌भुत दृश्य क्या हमें देखने को मिल पाता?

इस बर्फीले राज्य के बीच से और बीस मिनट चलने के बाद अचानक रास्ते के किनारे एक लकड़ी के काले तख्ते पर वाइल्ड फ्लावर हॉल लिखा हुआ दिखा। बिना किसी झमेले के हमारी यात्रा इतनी आसानी से पूरी हो जाएगी, मैंने सोचा भी नहीं था।

उसके बाद थोड़ा और आगे जाने के बाद एक फाटक मिला, जिस पर धमीजा के मकान का नाम लिखा था—'द नूक।' गाड़ी दाहिनी ओर मोड़कर फाटक के भीतर थोड़ा आगे बढ़ने पर पुराने विलायती डिजाइन का टावर वाला विशाल मकान दिखा। मकान की छत और दीवार पर बर्फ की मोटी पर्त पड़ गयी थी। विलायती मिजाज के व्यक्ति न होने पर कोई इस मौसम में, ऐसी जगह इस तरह के मकान में नहीं रह सकता।

हमारी टैक्सी पोर्टिको के नीचे जाकर खड़ी हो गयी थी। हमलोगों के गाड़ी से उतरते ही गर्म वर्दी वाला दरवान आकर फेलूदा से कार्ड लेकर

मकान के अन्दर चला गया। एक मिनट के भीतर मकान के मालिक स्वयं बाहर निकल आये।

"गुड ऑफ्टरनून मिस्टर मिटर। आप की पंक्चुआलिटी प्रशंसनीय है। अन्दर आइए, प्लीज!"

धमीजा के अँग्रेजी बोलने का लहजा अँग्रेजों की तरह था। उनके बारे में सुनकर जैसी कल्पना की थी, उनका चेहरा उससे मिलता-जुलता ही था। फेलूदा ने उनसे मेरा और लालमोहन बाबू का परिचय करवाया। इसके बाद हम सब एक साथ भीतर गये। लकड़ी के फर्श और दीवारों वाला बड़ा-सा ड्राइंग रूम, जिसके एक तरफ बने फायर प्लेस में आग जल रही थी। फेलूदा ने सोफे पर बैठने से पहले हाथ की अटैची को उसके मालिक को पकड़ा दिया। धमीजा के निश्चिन्त भाव से समझ गया, हम लोगों का घपला वे पकड़ नहीं पाये हैं।

"थैंक यू सो मच! मिस्टर लाहिड़ी की अटैची भी मैंने यहीं लाकर रखी है।"

"एक बार अटैची खोलकर नजर दौड़ा लीजिए।" फेलूदा अँग्रेजी स्टाइल में हँसते हुए बोले।

धमीजा भी हँसते हुए बोले, "वेल, इफ यू सो-सो।" यह कहकर अटैची खोलकर उसमें रखी चीजों को सरसरी तौर पर देखकर बोले, "ठीक है, मगर ये अखबार मेरे नहीं हैं।"

"आपके नहीं हैं?" फेलूदा ने कहा। इस बीच उन्होंने उन अखबारों को धमीजा से ले लिया था।

"नहीं, ऐण्ड नाइदर इज दिस।" धमीजा कालका स्टेशन में खरीदी हुई सुपारी से भरी कोडक का डिब्बा फेलूदा को लौटाते हुए बोले, "बाकी सब ठीक है।"

"ओहो!" फेलूदा ने कहा, "शायद यह गलती से आपके बक्से में रख दिया गया है।"

खैर, यह साफ हो गया कि उस पत्थर का धमीजा से कोई सम्बन्ध नहीं था, तो फिर यह डिब्बा उस बक्से में कैसे पहुँचा?

“ऐण्ड हियर इज मिस्टर लाहिड़ीज अटैची।”

कमरे के एक तरफ रखी मेज के ऊपर से दीननाथ बाबू की अटैची फेलूदा के पास पहुँच गयी। धमीजा हँसते हुए बोले, “आपने हमसे जो बात कही, वही बात मैं आपसे कहना चाहता हूँ—एक बार अटैची खोलकर देख लीजिए।”

फेलूदा बोले, “मिस्टर लाहिड़ी केवल एक चीज के लिए परेशान थे—एण्टारो डॉयोफार्म की शीशी।”

“इट्स देयर। अटैची में ही है।” मिस्टर धमीजा बोले।

“एक मैनुस्क्रिप्ट भी थी न?”

“मैनुस्क्रिप्ट?”

फेलूदा ने अटैची खोल ली थी। टटोलने की आवश्यकता नहीं थी। पाँच हाथ दूर से ही दिख रहा था, उसमें कापी की तरह कोई चीज नहीं थी।

फेलूदा की भौंहें बुरी तरह सिकुड़ गयी थीं। वे उस खुली अटैची को एकटक देख रहे थे।

“कैसी मैनुस्क्रिप्ट की बात कर रहे हैं आप?” धमीजा ने पूछा।

फेलूदा अब भी खामोश थे। मैं उनकी मानसिक हालत समझ रहा था। या तो उन्हें धमीजा को उनके मुँह पर चोर कहना होगा, नहीं तो मैनुस्क्रिप्ट के बगैर अटैची लेकर थैंक्यू कहकर चलना होगा।

धमीजा ही बोले जा रहे थे, “आई ऐम वेरी सारी मिस्टर मिटर! लेकिन मैंने जब पहली बार ग्रैण्ड होटल में अपने कमरे में यह अटैची खोली थी, उस समय उसमें जो कुछ था अभी भी उसमें वे सारे सामान हैं। इसमें कोई कॉपी नहीं थी। अटैची के मालिक का पता ढूँढ़ने के लिए मैंने इसे बहुत अच्छी तरह देखा था। शिमला पहुँचने के बाद से यह अटैची मेरी अलमारी में ताले में बन्द थी। एक बार के लिए भी दूसरे किसी के हाथ नहीं लगी है—मैं इसकी गैरेण्टी देता हूँ।”

इसके बाद फेलूदा क्या कर सकते थे। वे कुर्सी से उठकर संकोच प्रकट

करते हुए बोले, ''हमसे ही गलती हो गयी है मिस्टर धमीजा! बुरा मत मानिएगा। अच्छा, थैंक्स यू वेरी मच।''

''एक प्याला कॉफी या चाय!''

''अरे नहीं, नहीं, थैंक्यू! आज हमें आज्ञा दीजिए। गुड बाई... ।'' हम सब वहाँ से निकल पड़े। वह यात्रा-संस्मरण कहाँ गायब हो गया? इस अटैची में क्यों नहीं था वे यह समझ नहीं पा रहे थे। अचानक याद आया नरेश पाकड़ासी ने कहा था उन्होंने गाड़ी में दीननाथ बाबू को कोई लेख पढ़ते नहीं देखा था। क्या यही बात सच है?

तो क्या पाण्डुलिपि की बात दीननाथ बाबू की मनगंढ़न्त थी?

नौ

लौटते समय बहुत जल्दी अँधेरा हो गया था। लेकिन दिन अब भी ढला नहीं था, घड़ी में चार बजकर पचीस मिनट हुए थे। तो रोशनी इतनी कम क्यों थी?

कार की खिड़की खोलकर झाँककर आसमान की ओर देखते ही कारण समझ गया था। अब आसमान में काले बादल घिर आये थे। क्या बारिश होने वाली थी? शायद नहीं। वैसे भी रास्ते में बहुत फिसलन थी। हालाँकि हम ढलान से नीचे जा रहे थे। इसका मतलब यह नहीं कि हमारी गाड़ी और

तेज चलने वाली थी, बल्कि उतरते समय फिसलने का खतरा ज्यादा रहता है। इतनी गनीमत थी कि इस वक्त रास्ते में गाड़ियों का आना-जाना नहीं के बराबर था।

फेलूदा ड्राइवर के साथ खामोश बैठे थे, उनकी नजर सामने सड़क पर थी। मुझे उनका चेहरा नहीं दिख रहा था। फिर भी न जाने क्यों मुझे लग रहा था, उनकी भौंहें सिकुड़ी हुई थीं। मैं भलीभाँति समझ रहा था, वह किसी सोच में खोये हुए थे। दीननाथ बाबू और धमीजा दोनों में से किसी एक ने झूठ बोला था। धमीजा के बैठक की अलमारियाँ भी किताबों से भरी हुई थीं। उनके लिए क्या शम्भूचरण का नाम जानना सम्भव नहीं था? पचास साल पहले लिखे गये यात्रा- संस्मरण पर क्या उनका प्रलोभन नहीं हो सकता है? लेकिन अगर धमीजा के पास वह पाण्डुलिपि हो भी तो वह उसे कैसे वापस लेंगे?...

मैं बखूबी समझ गया था—रहस्य अब एक नहीं, दो हैं—एक हीरे का, दूसरा शम्भूचरण की पाण्डुलिपि का। फेलूदा के अकेले के लिए इन दो गहरे रहस्यों को सुलझाना क्या सम्भव था?

ठण्ड बढ़ रही थी। साँस के साथ नाक-मुँह से धुआँ निकल रहा था। लालमोहन बाबू ओवरकोट का बटन खोलकर हाथ डालकर मुँह से भक-भक कर ढेर सॉरी भाप छोड़कर बोले, "बूमरैंग भी बर्फ की तरह ठण्डा हो गया है। आस्ट्रेलिया की चीज है, ठण्ड में काम तो करेगी?" मैं पूछने वाला था कि आस्ट्रेलिया में भी किसी-किसी जगह बहुत ठण्ड पड़ती है, बर्फ भी गिरती है, लेकिन मैं पूछ नहीं पाया। उसके पहले ही उल्टी तरफ से एक गाड़ी हमारी गाड़ी के सामने आकर तिरछी खड़ी हो गयी। शायद कोशिश करने से किसी तरह उसके बगल से निकल सकते थे, लेकिन वैसा करना खतरनाक हो सकता था।

हमारे ड्राइवर के बार-बार हॉर्न बजाने के बावजूद जब गाड़ी नहीं हटी, तब मैं समझ गया था, मामला गड़बड़ है।

फेलूदा ने कुछ कहे बिना स्टियरिंग पर हाथ रखकर ड्राइवर से गाड़ी रोकने के लिए कहा और ड्राइवर ने भी बड़ी सावधानी से सड़क के किनारे

पहाड़ की तरफ ले जाकर गाड़ी रोक दी थी। हम चारों ही कीचड़ और बर्फ से सने सड़क पर उतरे।

चारों तरफ सन्नाटा छाया हुआ था। इतने पेड़ होने के बावजूद एक भी चिड़िया नहीं बोल रही थी। और सबसे ज्यादा चौंकानेवाली बात थी कि सामने जो गाड़ी खड़ी थी। वह हमारी तरह एम्बेसेडर कार थी, लेकिन उसका यात्री या ड्राइवर कोई दिख नहीं रहा था। किसी के होने की आहट भी नहीं थी।

हम सब बड़ी सतर्कता से रास्ते पर नजर टिकाकर बर्फ पर, जहाँ गाड़ी के पहिये के निशान बने थे, उसी पर कदम रखते हुए चल रहे थे। इतने में लालमोहन बाबू अचानक चौंककर थोड़ा उछलकर पैर फिसलकर बर्फ पर मुँह के बल गिर पड़े, अचानक एक 'छपाक' की आवाज के कारण वे चौंक गये थे। मैं समझ गया, वह आवाज चीड़ के पेड़ की डाल से बर्फ के एक टुकड़े के गिरने से हुई थी। इस विचित्र खामोशी में अचानक ऐसी आवाज सुनकर चौंकना स्वाभाविक था।

लालमोहन बाबू का हाथ पकड़कर उठाकर हम फिर आगे बढ़ने लगे।

थोड़ा आगे बढ़ते ही हमने देखा कि गाड़ी में एक आदमी ड्राइवर की सीट पर बैठा था।

हमारे ड्राइवर ने कहा कि वह उसे पहचानता था। उस टैक्सी को भी वह पहचानता था। वह आदमी उसी टैक्सी का ड्राइवर था। उसका नाम अरविन्द था। वह या तो मर गया होगा या बेहोश हो गया होगा, हमारे ड्राइवर हरविलास ने बताया।

फेलूदा का हाथ उनके कोट के अन्दर पहुँच गया। मुझे पता था उसमें उनका रिवाल्वर है।

छपाक!

फिर बर्फ का बड़ा टुकड़ा पास के किसी पेड़ से जमीन पर गिरा। लालमोहन बाबू ने चौंकने के बावजूद इस बार अपने को सँभाल लिया। लेकिन इसके बाद जो कुछ हुआ, उसके कारण उन्हें एक बार फिर बर्फ पर गिरना पड़ा।

तभी पिस्तौल का जोरदार धमाका होते ही हमारे सामने दो हाथ की दूरी पर रास्ते के कुछ हिस्से का बर्फ फुलझड़ी की तरह बिखर गया और वह धमाके की आवाज काफी देर तक पहाड़ से प्रतिध्वनित होती रही।

हम उस गाड़ी के काफी करीब पहुँच चुके थे। यह आवाज सुनते ही फेलूदा मेरा हाथ पकड़कर एक झटके में गाड़ी की आड़ में पेट के बल लेट गये और दूसरे ही क्षण लालमोहन बाबू लुढ़कते हुए हमलोगों के पास आ गये। हमारे ड्राइवर ने भी छलाँग लगाकर गाड़ी के पीछे आड़ ले ली। हालाँकि वह जवान आदमी था लेकिन लग रहा था उसे पहले कभी ऐसे हालात का सामना नहीं करना पड़ा था।

वह गोली हमारे रास्ते के बगल में खड़ी चढ़ाई के पहाड़ ऊपर से चलायी गयी थी। अन्दाज से लग रहा था हमलावर अब हमें देख नहीं पा रहा था, क्योंकि हम काली एम्बेसेडर की आड़ में हो गये थे।

मैं जमीन में उस तरह मुँह के बल लेटे हुए भी महसूस कर रहा था कि नया कुछ घटित हो रहा है। मेरी गर्दन में ठण्डी-ठण्डी कोई चीज गुदगुदी कर रही थी। गर्दन घुमाकर देखते ही समझ गया था, बात क्या थी। चारों तरफ आसमान से रूई की तरह महीन बर्फ गिर रही थी। कितनी अद्‌भुत थी बर्फ की यह बारिश मैंने पहली बार महसूस किया कि बर्फ गिरने की कोई आवाज नहीं हो रही थी। लालमोहन बाबू कुछ कहने जा रहे थे लेकिन फेलूदा ने जीभ निकालकर साँप की तरह आवाज निकालकर उन्हें रोक दिया था।

अचानक चारों तरफ की खामोशी टूटी। इस बार गोली की आवाज नहीं थी, न पेड़ से बर्फ गिरने की आवाज, न बर्फ पर गाड़ी के पहिये की आवाज, बल्कि इस बार आवाज किसी आदमी की थी।

"सुनिए, मिस्टर मित्र!"

यह किसकी आवाज थी? यह स्वर जाना-पहचाना-सा लगा।"

"सुनिए मिस्टर मित्र! मैंने आप लोगों को अपने निशाने में ले लिया है, यह आप समझ ही रहे होंगे, इसीलिए कोई चालाकी करने का प्रयास मत कीजिए। उससे कोई फायदा नहीं होगा, बल्कि जान का खतरा होगा।"

चिल्लाकर कहे गये इन शब्दों ने पहाड़ों से प्रतिध्वनित होकर वहाँ के ठण्डे माहौल को गरमा दिया। उसके बाद फिर बातें शुरू हुईं—

"मैं आप लोगों से केवल एक चीज चाहता हूँ।"

"कौन-सी चीज?" फेलूदा ने ऊपर पहाड़ की तरफ मुँह करके पूछा।

"आप गाड़ी के पीछे से निकलकर सामने आइए। मैं आपको देखना चाहता हूँ। लेकिन आप मुझे नहीं देख पाएँगे। आपके सामने आने के बाद आपके प्रश्नों का जवाब मिलेगा।"

मेरे कान के पास ही एक तरह की आवाज आ रही थी। कुछ समय से मैं सोच रहा था, यह आवाज गाड़ी के अन्दर से आ रही है। अब समझ गया यह लालमोहन बाबू के दाँत बजने की आवाज थी।

फेलूदा बर्फ के ऊपर से उठकर गाड़ी की उलटी तरफ जाकर खड़े हो गये। वे कुछ बोल नहीं रहे थे। शायद वे समझ गये थे, इस स्थिति में हुक्म मानने के सिवा कोई चारा नहीं है। फेलूदा को मैंने कभी ऐसी विपरीत परिस्थिति का सामना करते हुए देखा है, यह मुझे याद नहीं आ रहा था।

फिर उनकी आवाज सुनाई दी—"आपके साथ तीन लोग और हैं। अगर वे किसी तरह की चालाकी करने की कोशिश करेंगे तो उसी वक्त उन्हें इसकी सजा मिल जाएगी, वे इस बात को याद रखें।"

"अब आप बताएँगे, आप क्या चाहते हैं?" फेलूदा बोले। गाड़ी के पिछले पहिये के बीच से हम फेलूदा को देख रहे थे। फेलूदा की नजर ऊपर की ओर थी। उनके सामने पहाड़ के बड़े हिस्से पर बर्फ की चट्टान थी, इसके ऊपर घनी झाड़ियाँ थीं, जिनसे वह हमलावर हमें देख रहा था और बात भी कर रहा था।

फिर उसकी आवाज सुनाई दी—

"आप अपना रिवाल्वर निकालिए।"

फेलूदा ने निकाल लिया।

"उसे अपने सामने के पहाड़ की बर्फ पर फेंक दीजिए।"

फेलूदा ने ऐसा ही किया।

"आपके पास कोडक का डिब्बा है?"

"है!"

“दिखाइए।”

फेलूदा ने कोट की जेब से पीला डिब्बा निकालकर ऊपर उठाकर दिखाया।

“उसमें एक पत्थर था, जरा उसे दिखाइए।” फेलूदा ने अपनी कोट के सामने की जेब में हाथ डाला, जेब से पत्थर निकालकर फेलूदा ने उसे दो अँगुलियों में लेकर दिखाया।”

एक क्षण सब चुप थे। वह आदमी जरूर यह पत्थर देख रहा होगा। क्या उसके पास दूरबीन भी थी?

“ठीक है, अब उसे उस डिब्बे में पहले की तरह रखने के बाद अपने दाहिने तरफ सड़क के किनारे वाले काले पत्थर पर रखकर आप लोग शिमला लौट जाएँ। अगर आप सोचते हैं—”

उस सज्जन की बात पूरी होने से पहले ही फेलूदा बोले, “आपको वह पत्थर चाहिए न!”

“क्या यह भी कहना होगा?” बर्फ की तरह ठण्डा जवाब मिला।

“तो यह लीजिए।”

यह सब कुछ इतनी जल्दी घट गया कि कुछ क्षणों के लिए मेरी आँखों के सामने अँधेरा छा गया।

फेलूदा ने यह कहते हुए अपने हाथ में पकड़े पत्थर को जहाँ से बातों की आवाज आ रही थी, सीधा वहीं फेंक दिया और उसके बाद खून जमा देनेवाली एक बीभत्स घटना घट गयी। हमारा वह छिपा हुआ दुश्मन उस पत्थर को लपकने की कोशिश में झाड़ियों के पीछे से कूदकर सामने आने के बाद बर्फ में पैर धँस जाने से अपना सन्तुलन खोकर लुढ़कते हुए पचास हाथ की ऊँचाई से नीचे सड़क के किनारे बर्फ से जमे नाले पर गिर पड़ा। लुढ़कते हुए ही उसके हाथ की दूरबीन और पिस्तौल, आँखों का काला चश्मा और ठोढ़ी से चिपकी नकली दाढ़ी निकलकर बर्फ पर इधर-उधर बिखर गयीं।

इसके बाद छिपने की कोई आवश्यकता नहीं थी। हम तीनों दौड़कर फेलूदा के पास पहुँच गये। मेरी धारणा थी इतनी ऊँचाई से लुढ़ककर गिरने

से अगर उसकी मौत न भी हुई हो तो भी वह बेहोश तो जरूर हो गया होगा। लेकिन मैं यह देखकर चौंक गया कि वह लेटे-लेटे ही चमकती हुई भूरी आँखों से फेलूदा को घूर रहा था और लम्बी साँसें भर रहा था?

उसकी आवाज जानी-पहचानी-सी लग रही थी। इसमें चौंकानेवाली कोई बात नहीं थी, क्योंकि यह वही व्यर्थ फिल्म अभिनेता अमर कुमार उर्फ श्री प्रवीर कुमार लाहिड़ी, दीननाथ लाहिड़ी का भतीजा था।

फेलूदा ठण्डे रूखे स्वर में बोले, "अब तो समझ ही रहे हैं प्रवीर बाबू, किसने किसको काबू में किया है। तो अब कुछ छिपाने का कोई मतलब नहीं होता। कहिए आप क्या चाहते हैं?"

अमर कुमार के चेहरे पर बर्फ के चूरे गिर रहे थे। वह अब भी फेलूदा के तरफ एकटक देख रहा था। मेरे लिए अब भी बहुत कुछ रहस्य ही था, लेकिन मुझे लग रहा था कि प्रवीर कुमार की बातों से रहस्य पर से पर्दा हट जाएगा।

फेलूदा कुछ देर चुप रहने के बाद बोले, "ठीक है, अगर आप नहीं कह सकते तो मुझे ही कहने दीजिए। अगर आपको विरोध करना हो तो कीजिएगा। यह हीरा आपको उस नेपाली बक्से में मिला था। अनुमान है यह अमूल्य रत्न नेपाल के शराबी राजा ने कृतज्ञता स्वरूप शम्भूचरण को दिया था। हो सकता है वह नेपाली बक्स असल में शम्भूचरण का ही रहा हो। अपनी मृत्यु से पहले उन्होंने यह बक्स अपने दोस्त सतीनाथ लाहिड़ी को दे गये थे। सतीनाथ बाबू अपनी गम्भीर बीमारी के कारण इस हीरे की बात किसी को बता नहीं पाये थे। कुछ ही दिनों पहले यह हीरा आपको उस बक्से में मिला था, फिर आपने उसे सुपारी के रंग में रँगकर सुपारी बनाकर कोडक ली डिब्बे में गोंद से चिपकाकर रखा था और सुरक्षित समझकर उसे चाचा से मिली अटैची में रख दी थी। लेकिन दूसरे ही दिन वह अटैची आपके घर से मेरे घर में चली जाएगी, यह आपने सोचा भी नहीं था। उस दिन छिपकर हमारी बातें सुनने के बाद से ही आप उसे हथियाने का मौका तलाश रहे थे। मिस्टर पुरी के नाम से आपका टेलीफोन करना तथा प्रीटोरिया स्ट्रीट में गुण्डे लगाने से जब कोई फायदा नहीं हुआ,

तब आप हमारा पीछा करते हुए दिल्ली तक आये। इससे भी आप कुछ हासिल नहीं कर पाये। जनपथ होटल में हमला भी बेकार गया इसलिए आपको मजबूरन शिमला आना पड़ा और उसके बाद आज की यह दुर्दशा...।''

फेलूदा चुप हो गये। हम फेलूदा के पास खड़े थे। यहाँ तक कि हमारा ड्राइवर भी खड़ा था।

''कहिए प्रवीर बाबू, मैंने कुछ गलत कहा?''

प्रवीर बाबू की दहकती आँखों में चमक आ गयी। अद्‌भुत धूर्त नजरों से फेलूदा की तरफ देखते हुए बोले, ''आप किसकी बात कर रहे हैं, कैसा हीरा? मुझे तो कुछ समझ में नहीं आ रहा है।''

मेरा दिल धड़क उठा। हीरा तो बर्फ के नीचे दब गया था जिस पर और भी बर्फ जमती जा रही थी।

''क्यों, आप इसे नहीं पहचानते?''

फिर चौंकानेवाली बात हुई। फेलूदा ने अब अपने सामने की जेब से एक और पत्थर निकाला। इस बर्फ पड़नेवाली बादल घिरी शाम के समय भी उसकी चमक से आँखें चौंधिया रही थीं।

''बर्फ के नीचे जो दब गया है, उसकी कीमत जानते हैं? महज पाँच रुपये! आज सुबह ही मिलर जेम कम्पनी से खरीदा था। और यही है—''

प्रवीर कुमार ने शेर की तरह छलाँग लगाकर फेलूदा पर हमला करके उनके हाथ से उस हीरे को छीन लिया।

ठक्क।

अचानक एक जब्बर हथियार ने प्रवीर कुमार के सिर पर वार करके उसे बेहोश कर दिया। वह दोबारा बर्फ पर गिर गया। उसकी मुट्ठी ढीली हो गयी। उसके हाथ का हीरा फिर फेलूदा के हाथ में आ गया था।

''थैंक यू लालमोहन बाबू!''

फेलूदा का धन्यवाद लालमोहन बाबू के कानों में पहुँचा या नहीं, यह मैं नहीं जानता। वे अब भी अपने ही हाथ में लिये हुए बूमरैंग को मुग्ध दृष्टि से देख रहे थे।

दस

प्रवीर कुमार इस समय केंचुआ बन गया था। शिमला लौटते वक्त उसने गाड़ी में ही सब स्वीकार कर लिया था। हालाँकि फेलूदा ने अपनी पिस्तौल हासिल कर ली थी और उनके हाथ में पिस्तौल होने के कारण प्रवीर कुमार से सच उगलवाने में सुविधा हुई थी। प्रवीर कुमार को बूमरैंग मारने के बाद लालमोहन बाबू ने ही रास्ते से बर्फ उठाकर उसके माथे पर लगाया था। इससे उसे कुछ फायदा हुआ था या नहीं, मैं कह नहीं सकता। बेहोश ड्राइवर भी अब काफी ठीक हो गया था। उसे

रुपयों का लालच देकर अपने पक्ष में न कर पाने के बाद प्रवीरबाबू ने उसे घायल कर दिया था।

'अशरीरी' फिल्म से निकाल दिये जाने के बाद से ही प्रवीर कुमार का दिमाग खराब हो गया था। क्योंकि उसे भरोसा था कि फिल्म में अभिनय करके वह नाम और शोहरत दोनों हासिल करेगा। लेकिन उसकी आवाज उसमें बाधा बन गयी। सीधे रास्ते कुछ हासिल नहीं होनेवाला सोचकर उसने गलत रास्ते का सहारा लेने की बात सोची। उसी समय वह नेपाली बक्सा उसे मिल गया। उस बक्से को टटोलकर उसे वह पत्थर मिला। उसकी परख करवाकर दाम जानने के बाद उसका दिमाग चकरा गया। अब वह स्वयं फिल्म बनाकर उसमें हीरो बनने का सपना देखने लगा, जिससे कोई उसे फिल्म से बाहर न कर सके। उसके बाद की घटनाएँ तो सभी जानते हैं।

फिलहाल प्रवीर कुमार को शिमला में हिमाचल प्रदेश की स्टेट पुलिस कस्टडी में रखा गया था। हीरा मिलने के बाद ही फेलूदा को शक हो गया था इसीलिए उन्होंने शिमला पहुँचते ही दीननाथ बाबू को टेलीफोन करके शिमला पहुँचने के लिए कहा था, लेकिन कारण नहीं बताया था। कल ग्यारह बजे की गाड़ी से शिमला पहुँचने के बाद वे अपने भतीजे के बारे में जैसा उचित समझें, करें। हीरा शायद दीननाथ बाबू के ही अधिकार में रहने वाला था क्योंकि यह उनके ताऊजी का था।

पूरी बातें सुनने के बाद मैंने पूछा, "हीरे का रहस्य तो समझ गया लेकिन शम्भूचरण बाबू का यात्रा-संस्मरण कहाँ गया?"

फेलूदा बोले, "वह दूसरा रहस्य है। दो नली बन्दूक तो जानता ही है न, उसी तरह हमारी अटैची का रहस्य भी है—दोनाली रहस्य।"

"इस दूसरे रहस्य का कुछ समाधान हो पाया?" मैंने पूछा।

"हाँ, हुआ है। थैंक्स टु अखबार ऐण्ड पानी का गिलास।"

शम्भूचरण की कापी के रहस्य से फेलूदा की इस बात का रहस्य मुझे कुछ कम नहीं लगा।

रास्ते में फेलूदा कुछ नहीं बोले, चुप रहे।

अभी हम क्लार्क होटल के ऊपर की खुली छत पर रंगीन छतरी के नीचे बैठकर हॉट चाकलेट पी रहे थे। कुल आठ टेबिल थे, एक मेज पर हम तीनों बैठे थे, एक दूसरी मेज पर दो जापानी बैठे थे और एक दूसरी मेज पर कान में रूई डालने वाले वह सज्जन। खैर, अभी उनके कान में रूई नहीं थी। आसमान में बादल छँट चुके थे लेकिन शाम का वक्त होने के कारण रोशनी काफी कम थी, शहर की सड़कों और मकानों की बत्तियाँ धीरे-धीरे जल रही थीं।

लालमोहन बाबू अब तक चुप थे। उन्हें देखकर लग रहा था, वह कुछ सोच रहे हैं। आखिरकार चॉकलेट की एक बड़ी चुस्की लेकर बोले, "सभी मनुष्यों के भीतर शायद एक पाशविकता रहती है, ऐसा नहीं है क्या फेलू बाबू? बूमरैंग से आघात लगने से जब वह सज्जन गिर गये थे, तब मैं अपने अन्दर बेहद जोश महसूस कर रहा था, जिसे उल्लास कहना भी गलत नहीं होगा। कितने आश्चर्य की बात है!"

फेलूदा बोले, "मनुष्य के पूर्वज बन्दर थे, इतना तो आप जानते हैं। आजकल एक नयी थ्योरी निकली है जिसमें कहा गया है केवल बन्दर नहीं, अफ्रीका के एक विशेष प्रजाति के बन्दर हमारे पूर्वज हैं, इसलिए प्रवीर बाबू के सिर पर बूमरैंग मारकर आपको जो प्रसन्नता हुई थी, उसके लिए आपके पूर्वक ही जिम्मेदार हैं।"

हमलोग कितना भी बन्दर और बूमरैंग की चर्चा करें, मेरा ध्यान बार-बार शम्भूचरण के यात्रा-संस्मरण पर ही था। वह किसके पास है? वह पाण्डुलिपि होगी? या तो फिर किसी के पास नहीं होगी या कभी थी नहीं!

आखिरकार मुझसे रहा नहीं गया, मैंने पूछ ही लिया, "फेलूदा, धमीजा झूठ बोल रहे हैं या दीननाथ बाबू?"

फेलूदा बोले, "दोनों में से कोई भी झूठ नहीं बोल रहा है।"

"मतलब वह यात्रा-संस्मरण वाकई है?"

"हाँ, है" फेलूदा गम्भीर थे, "लेकिन वह वापस मिल पाएगा या नहीं, इसमें शक है।"

मैंने डरते हुए पूछा, "किसके पास है, आप जानते हैं?"

"जानता हूँ, अब मैं सब जानता हूँ, सब समझ रहा हूँ, लेकिन उसे दोषी साबित करना मुश्किल काम है। बहुत तेज दिमाग का है वह। उसने मुझे भी लगभग बेवकूफ बना ही दिया था।"

"लगभग?"

लगभग शब्द सुनकर मुझे अच्छा ही लगा, क्योंकि फेलूदा को कोई पूरी तरह बेवकूफ बनाए, इसकी कल्पना भी मेरे लिए बहुत दुःखदायी थी।

"मित्तिर साहब!"

एक बेयरा छत के दरवाजे के सामने खड़े होकर फेलूदा का नाम लेकर इधर-उधर देख रहा था।

"हाँ, मैं यहाँ हूँ।" फेलूदा ने हाथ उठाकर बेयरा को बुलाया। बेयरे ने उनके पास आकर उन्हें एक बड़ा ब्राउन लिफाफा थमा दिया।

"मैंनेजर साहब के पास कोई छोड़ गया था आपके लिए।"

लिफाफे के ऊपर लाल पेन्सिल से लिखा था—"मिस्टर पी. सी. मिटर, क्लार्क होटल।"

लिफाफा लेने के बाद फेलूदा के चेहरे के भाव बदल गये। लिफाफा खोलकर उसके अन्दर रखी चीज बाहर निकालते ही एक परिचित गन्ध महसूस हुई और फेलूदा का मुँह खुला का खुला रह गया।

उसके अन्दर से जो निकला था वह बहुत पुरानी कापी थी, ऐसी कापी हमारे देश में अब नहीं मिलती। कापी के पहले पन्ने में खूबसूरत हस्ताक्षर में लिखा था—'ए बंगाली इन लामालैण्ड!' उसके नीचे लेखक का नाम लिखा था—शम्भूचरण बोस। नीचे महीना और सन् लिखा था—जून 1917।

"यह तो वही बहुचर्चित मैनस्क्रिप्ट है।" लालमोहन बाबू बोल पड़े, उनकी अँग्रेजी सुधारने की मानसिकता अब मेरी नहीं थी। मैं फेलूदा को देख रहा था। फेलूदा की नजर अब उस कापी पर नहीं थी, वह सामने देख रहे थे। तो क्या फेलूदा सचमुच बेवकूफ बन गये थे?

अब मैं समझ गया था फेलूदा की नजर किसी खास चीज पर केन्द्रित थी। मेरी नजरें भी वहीं टिक गयीं। वे जापानी लोग चले गये थे। अब हमारे अतिरिक्त छत पर एक और व्यक्ति थे। वे थे किसी समय कान में रूई

डालकर काले चश्मे और टोपी पहनकर घूमनेवाले वे बूढ़े सज्जन।

फेलूदा एकटक उन्हीं को देख रहे थे।

वे सज्जन आहिस्ते से उठे और हमारी ओर आने लगे। हमारी मेज से लगभग तीन हाथ की दूरी पर आकर खड़े हो गये। उन्होंने पहले अपना चश्मा उतारा, फिर टोपी लेकिन अब भी कुछ खटक रहा था।

"फॉल्स टीथ नहीं लगाएँगे?" फेलूदा ने पूछा।

"सर्टनली!"

उन्होंने अपनी जेब से एक जोड़ी दाँत निकालकर मुँह में लगा लिया। उनके गाल और ठोढ़ी भरी-भरी दिखने लगी थी। उनकी उम्र दस साल घट गयी थी। उन्हें पहचानने में अब कोई दिक्कत नहीं थी।

यह हैं लैन्सडाउन रोड के रूखे मिजाज के चैम्पियन श्री नरेशचन्द्र पाकड़ासी।

"दाँत कब बनवाया?" फेलूदा ने पूछा।

"ऑर्डर बहुत पहले दिया था, लेकिन दिल्ली से लौटने के एक दिन बाद ही मिला है।"

अब मैं समझ गया कि दीननाथ बाबू ने नरेशबाबू को क्यों बूढ़ा समझा था। ट्रेन में उनके नकली दाँत नहीं थे। उसके बाद जब हम उनसे लैन्सडाउन स्ट्रीट में मिलने गये थे, उन्होंने दाँत लगाना आरम्भ कर दिया था।

फेलूदा बोले, "अटैचियाँ अनजाने में ही नहीं बदली थीं, बदली गयी थीं। बहुत पहले से ही मुझे इसका अन्दाजा था। लेकिन यह सब आपका कारनामा है, इसे समझने में वक्त लगा।"

"ऐसा होना स्वाभाविक था। मैं भी इतना मूर्ख नहीं हूँ, इतना तो आप मानते हैं।"

"सौ बार स्वीकार करता हूँ। लेकिन आपकी गलती कहाँ थी, आपको पता है? उन अखबारों को धमीजा की अटैची में रखने की। आपने ऐसा क्यों किया था, यह भी मैं जानता हूँ। दीननाथ बाबू की अटैची से वह कॉपी निकाल लेने के बाद अटैची हल्की हो गयी थी। अटैची उठाते समय दीननाथ बाबू को यह बात खटक सकती थी इसीलिए उसमें कागज रखकर आपने

उसका वजन बढ़ा दिया था। लेकिन ट्रेन में अखबार कौन सँभालकर बक्से में रखता है, कहिए?"

"राइट! लेकिन यहीं तो आपका अनुभव बोलेगा। दूसरा कोई होता तो उसे जरा भी सन्देह नहीं होता।"

"एक और सवाल है!" फेलूदा बोले, "आपको छोड़कर बाकी सब गहरी नींद में सोये हुए थे, ठीक कह रहा हूँ न!"

"हाँ, ऐसा कहा जा सकता है।"

"लेकिन आमतौर पर ट्रेन में सफर करते समय दीननाथ बाबू ठीक से सो नहीं पाते हैं। उन्हें क्या आपने कोई नींद की दवाई दी थी?"

"राइट!"

"पानी के गिलास में नींद की गोली पाउडर करके मिला दी थी?"

"राइट! सेकोनल। वह हर समय हमारे पास रहती है। डिनर से पहले सबको पीने के लिए पानी दिया गया था। और धमीजा को छोड़कर बाकी दोनों बाथरूम में हाथ धोने गये थे।"

"यानी आप धमीजा को नींद की गोली नहीं खिला पाये।"

"नहीं; और इसलिए मेरी रात खराब हो गयी। जब सुबह छह बजे धमीजा ने उठकर दाढ़ी बनायी थी, उसके बाद अपनी अटैची में सामान रखकर बाथरूम चले गये थे। उस बीच मैंने अपना काम कर लिया। बाकी दोनों उस समय भी गहरी नींद में थे।"

"लेकिन आपकी सबसे बड़ी चालाकी क्या थी, आप जानते हैं? इस कापी को पा लेने के बाद भी आपने मेरे घर में आकर मुझे रुपयों का लालच दिया था।"

मिस्टर पाकड़ासी खिलखिलाकर हँसने लगे। फेलूदा बोले, "शिमला जाने से रोकना, टेलीफोन और कागज में लिखी धमकियाँ भी आपकी ही करतूतें थीं।"

"नेचुरली! शुरुआत में मैं बिलकुल नहीं चाहता था कि आप शिमला आएँ। उस समय तो आप मेरे सबसे बड़े दुश्मन थे। मेरी यही चिन्ता थी कि फेलू मित्र जब अटैची के मामले से जुड़ रहे हैं तो मेरा परफेक्ट क्राइम

पकड़ा जाएगा। यहाँ तक कि प्लेन में बैठकर भी मैंने आपके उस मित्र की जेब में धमकी-भरा कागज रख दिया था। उसके बाद शिमला आने के बाद धीरे-धीरे मुझे लगने लगा, उस कापी को आपको लौटा देना ही बेहतर होगा।"

"क्यों?"

"क्योंकि कॉपी के बगैर अटैची लौटाने से आप भी शक के घेरे में आ जाते, ऐसा मैं नहीं चाहता था। इन थोड़े दिनों में आपकी इनसानियत को कुछ हद तक समझ ही चुका हूँ।"

"थैंक यू नरेश बाबू! क्या अब मैं आप से एक सवाल पूछ सकता हूँ?"

"जरूर पूछिए।"

"यह कॉपी आपने मुझे लौटा दी है लेकिन आपने इसकी दूसरी प्रतिलिपि कर ली है। ठीक कह रहा हूँ न!"

नरेशबाबू का चेहरा क्षणभर में उतर गया। समझ गया फेलूदा ने एक उस्तादी दाँव मारा है। उन्होंने कहा, "हम जब आपके घर गये थे, उस समय आप इसे टाइप करके इसकी प्रतिलिपि तैयार कर रहे थे। ठीक कह रहा हूँ न?"

"लेकिन...आप... ?"

उसदिन आपके कमरे में मुझे एक महक मिली थी। वह महक शम्भूचरण के नेपाली बक्से में भी मिली थी और आज इस कॉपी में भी वही महक है।"

"लेकिन कॉपी तो..."

"मुझे कहने दीजिए प्लीज! शम्भूचरण का निधन हुआ है ट्वेण्टी वन में यानी इक्यावन साल पहले। यानी एक साल पहले इस रचना पर लेखक का कायी राइट समाप्त हो गया है। मतलब इस रचना को अब कोई भी छाप सकता है।"

"बिल्कुल छाप सकता है।" नरेशबाबू उत्तेजित होकर बोले, "आप कहना क्या चाहते हैं। ऐसा करके मैंने कुछ गलत किया है? यह तो असाधारण रचना है। दीननाथ बाबू क्या कभी इसे प्रकाशित करते? मैं इसे प्रकाशित

करूँगा, और मैं अपने इस अधिकार में किसी को हस्तक्षेप नहीं करने दूँगा।''

''हस्तक्षेप भले ही न करे, प्रतिद्वन्द्विता तो कर सकता है।''

''क्या मतलब, कौन करेगा प्रतिद्वन्द्विता?''

फेलूदा के होठों में वही हँसी थी। एक बार और हैण्ड शेक करने के लिए नरेश बाबू की तरफ अपना दाहिना हाथ बढ़ाकर बोले—

''मीट योर राइवल, मिस्टर पाकड़ासी! इस अटैची के रहस्य के मामले के लिए मैं दीननाथ बाबू से केवल एक ही पारिश्रमिक माँगूँगा—इस कॉपी को।''

जटायु के मुँह से अचानक निकला—''बूमरैंग।''

उन्होंने ऐसा क्यों कहा था, मैं आज तक समझ नहीं पाया हूँ।

❑❑❑